내가 천 개의 인생에서 배운 것들

THINGS I LEARNED

내가 천 개의 인생에서 배운 것들

돈, 명예, 시간 그 무엇보다
소중한 것에 관하여

김도윤 지음

IN A THOUSAND

LIVES

북로망스

차례

1장.

그땐 미처 알지 못했던 것들

2장.

어떤 행복은 오랜 뒤에 알게 된다

3장.

만약 오늘 밤 당신이 떠난다면

돈, 명예, 시간
그 무엇보다 중요한 것에 관하여

서른 살 때부터 성공한 사람들을 만나 인터뷰하는 일을 시작했다. 벌써 13년의 세월이 지나 1,000명 이상의 사람을 만났고, 나 자신의 성장과 인생의 정답을 찾기 위해 만 가지도 넘는 질문을 했다. 천 개의 인생이 내게 말해 준, 삶에서 가장 가치 있는 것은 무엇일까?

나는 그들에게 물었다.

"당신에게 있어 세상에서 가장 소중한 것은 무엇인가요?"

그러자, '**돈, 명예, 시간, 자유, 건강이 중요하다**'는 각각의 대답이 돌아왔다.

그들에게 다음 질문을 던졌다.

"**만약 오늘 밤 당신이 떠난다면 지금 무엇을 할 것인가요?**"

놀랍게도, 그들은 다른 대답을 했다. 그 대답은 앞에서 나온 것들도 아니었고, 일이나 취미, 여행도 아니었다.

그들은 하나같이 입을 모아 말했다.

"사랑하는 사람과 몇 분이라도 더 시간을 보내고 싶다."

이는 성공이 아닌, '행복'에 관해 물었을 때 나온 대답과도
같았다. 사람들이 행복하기 위해서 첫 번째로 꼽은 것은 사
랑과 가족이었다. 돈, 명예, 시간 그 무엇보다 소중한 것은
바로, 관계였다.

평소 일상에서 생각하는 '세상에서 가장 소중한 것'과 자
신에게 주어진 시간이 얼마 남지 않았을 때 '세상에서 가장
소중한 것'에 대한 대답이 달랐다. 나에게 주어진 시간이
영원할 것이라는 착각과 익숙함에 속아 소중한 것을 잃어
버리는 까닭일 테다.

2001년 미국에서 벌어진 항공기 자살 테러 사건인 9·11 테러 때, 실제로 희생자들이 죽기 전에 남긴 마지막 말은 다음과 같았다고 한다.

"내가 있는 층에 불이 났어. 사랑하고 니콜에게도 사랑한다 전해 줘. 여기서 내가 괜찮을지 모르겠어. 정말 사랑해."

"지금은 괜찮은 거 같은데 연기가 좀 많아요. 그냥 제가 엄마를 얼마나 사랑하는지 말하고 싶었어요. 안전해지면 전화할게요. 안녕, 엄마."

"여보, 다시 볼 수 있게 되면 좋겠어. 만약 그렇게 안 되면···. 당신 인생 즐겁게 살아. 최선을 다해서 살고···. 어떤 상황에서도 내가 당신 사랑하는 것 알지? 나중에 봐."

"난 아무래도 여기서 빠져나갈 수 없을 것 같아. 넌 정말 좋은 친구였어…."

나 또한 소중한 사람을 잃는 경험을 했기에 그들의 마지막 말을 듣고 눈물이 멈추지 않았다.

2003년에 벌어진 대구 지하철 참사 때도 그랬다. 방화로 인해 열차는 뼈대만 남을 정도로 타 버리고 192명이 숨진 비극적인 사고였는데, 당시 사망자들의 생존 당시 문자가 공개되어 전 국민을 더욱 비통하게 만들었다.

'미안하다. 가방이랑 신발 못 전하겠어. 돈가스도 해 주려고 했는데 미안. 내 딸아 사랑한다.'

'오빠가 잠시 급한 일이 생겨서 어디 좀 다녀와야 할 것 같

아. 기다리지 말고 들어가. 알았지? 사랑해.'

'공부 열심히 하고 착하게 커야 해. 아빠가 미안해.'

'오늘 아침에 화내고 나와서 미안해. 진심이 아니었어. 자기야 사랑해, 영원히.'

화재 속에서 미처 빠져나가지 못한 사람들이 남긴 마지막 문자메시지 중 가장 많았던 내용은 '미안해, 사랑해'라는 말이었다. 한국이나, 미국이나 전 세계 어디서나 우리 생의 마지막까지 가장 소중한 건 결국 사랑이었다. 이 글을 읽고 있는 독자도 죽는 순간 결국 하게 될 말은 '미안해, 그리고 사랑해'가 될 것이다.

그럼에도 불구하고, 여전히 많은 사람이 '돈만 있으면 살

수 있을 거 같아', '몇십억만 있으면 인생이 행복할 것 같아'
라고 생각한다. 하지만, 막상 삶이 힘들어 자살을 시도하는
사람들이 경제적인 면만으로 줄 세워지는 건 아니다. 수천
억을 가진 자산가라도 자살하는 경우를 우리는 뉴스에서
보지 않는가.

내가 만난 굉장히 유명한 심리학과 교수님은 인터뷰에서
말씀해 주셨다.

**"많은 사람이 죽기 전 '내가 더 못 벌어서', '내가 더 못 가져
서', '내가 더 못 누려서', '내가 더 높은 위치까지 못 가서'를
후회하지 않아요. 거의 모든 사람이 '내가 사랑하는 사람한
테 더 잘해 주지 못한 것'을 후회해요. 이 세상을 떠나는 가
장 솔직한 순간에 나오는 건 결국 '사람'이라는 거예요.**

누군가에게 좀 더 잘해 줬으면 하는 회한을 안고 떠난다는 건, 결국 우리가 돈을 왜 버냐는 질문과도 이어집니다. 나 자신과 그에 못지않게 중요한 타인을 위해 돈을 번다는 거죠. 부자가 되고 싶은 이유 중 하나는 돈으로부터 자유로워지기 위해서잖아요. 돈으로부터 자유로워진다는 건 '내가 행복하고 싶어서', '내게 소중한 가족, 친척, 친구와 함께 행복하고 싶어서'예요.

사람에게는 나를 위한 시간과 내가 사랑하는 사람을 돕고, 위하는 삶이 공존해야 해요. 남을 위한 시간만 가지는 사람도 힘들어서 오래 못 가고, 나를 위한 시간만 가져도 지옥이 올 수 있어요. 그러니까 돈을 버는 이유에도 나와 타인이 함께 공존해야 하는 거죠."

인생의 목표에는 돈, 차, 집 이상의 무엇이 있어야 한다. 그

것이 바로 '사람'이다. 그 사람이 누군가에게는 가족일 수도 있고, 연인일 수도 있고, 친구일 수도 있고, 요즘 같은 시대에는 반려동물일 수도 있다. 돈 버는 것은 중요하지만, 그 이유가 사랑을 지키기 위해서라는 사실을 잊으면 안 된다. 진정한 자유는, 나만 생각하는 경제적 자유가 아니라 다른 존재와 함께 의미 있고 행복하게 사는 것이다.

*

결국, 13년 동안 내가 천 개의 인생에서 발견한, 삶에서 가장 중요한 것은 '사랑'이었다.

나에게 가장 소중하고 아쉬웠던 관계는 엄마라는 존재이기에 엄마에 관한 이야기를 이 책에서 주로 쓰고자 한다. 독자들도 자신의 가장 소중한 관계를 떠올리며 읽으면 좋겠다. 누구에게나 소중한 사람은 있기 마련이니까.

그리고 부디, 세상 무엇보다 소중한 그 관계들을 너무 늦게 알아차리지 않기를 바란다, '미안해, 그리고 사랑해'를 남길 사람들에게 지금이라도 잘하기를.

만일 '미안해, 그리고 사랑해'를 남길 사람이 지금 없다면, 남은 삶은 그런 사람을 만나는 가치 있는 시간이 되기를 진심으로 바란다. 죽는 순간까지도 미안해하고 사랑할 사람이 없다면, 그 끝은 참으로 외롭고 고독할지도 모른다.

세상을 떠나는 그 순간에 알게 되는 그 무엇보다 소중한 것은 사랑이니까. 결국에는 사랑이 모든 것을 이길 테니까.

1장.

그땐 미처 알지 못했던 것들

세상을 떠나는 그 순간,

우리는 알게 된다.

무엇이 가장 소중한지를.

'그냥'이라는 말에 담긴 사랑

＋
＋
＋

내겐 특별한 음식이 하나 있다. 초밥, 소고기, 회처럼 많은 사람이 좋아하는 음식과 다르게 특별하지 않고 비싸지도 않은 너무나도 평범한 음식, 사람들이 자주 찾지 않아 식당에서도 가끔 마주칠 수 있고, 어떤 반찬과 있어도 튀지 않는 음식, 바로 '미역줄기'다. 유달리 맛있는 것도 아닌 이 반찬을 내가 좋아하는 데는 한 가지 사연이 있다.

어릴 적 유난히 키와 체격이 작았던 나는, 심한 왕따까지

당하지는 않았지만 약간의 괴롭힘 같은 것을 늘 겪었다. 지금과 달리 굉장히 소극적인 성격에 힘도 없었기에 친구들이 장난치기 편해서 더 그랬던 거 같다.

그런 내게 가장 힘든 순간은 점심시간이었다. 그 나이 또래가 그렇듯 나 또한 햄, 소시지, 돈가스 같은 반찬을 좋아했다. 문제는 내 도시락에 그런 반찬이 있는 날은 친구들이 '나 하나만' 하며 다 집어 먹어버려서 흰 쌀밥만 남는 것이었다. 반찬 없이 밥만 먹는 것이 너무 물리기도 했지만, 흰 쌀밥만 먹는 모습을 친구들이 봤을 때 무슨 생각을 할까라는 생각에 굶주린 배를 붙잡고 학교 수업을 듣던 적이 가끔 있었다.

밥을 남기고 집에 간 어느 날, 엄마가 물었다. 왜 밥만 남겼느냐고. 궁금했을 거다. 반찬은 한 개도 안 남았는데 밥만 남은 이유가.

"엄마가 너무 맛있는 반찬을 싸주니까 친구들이 맛있다고 하나씩 달래. 그래서 밥이 좀 남았네."

진실을 얘기하지는 못했다. 어린 나이에도 엄마한테 창피한 모습을 보여주는 건 정말 싫었으니까. 엄마에게 학교생활이 힘들다고 이야기해서 걱정을 끼치고 싶지는 않았다.

한참 고민하던 엄마가 한 가지 해결책을 냈다. 내가 좋아하는 반찬이면서, 또래 친구들이 절대 뺏어 먹지 않을 반찬이 뭘까를 고민하다 나온 게 바로 미역줄기였다. 그 후 엄마는 맛있는 반찬들도 여전히 싸줬지만, 미역줄기를 함께 반찬으로 만들어 줬다. 그 덕분에 친구들과 점심 먹는 시간이 좀 편해졌던 기억이 있다.

물론 엄마는 쌀밥만 남은 이유를 알고 있었다. 내가 엄마를 걱정하듯, 엄마 또한 어린 내 마음을 걱정해서 자세한 이야기를 물어보지 않았을 뿐이었다. 지금도 식당에서 미역줄기를 만나는 날은 반갑다. 그 시절 엄마의 고마운 마음과 만난 거 같아서.

미역줄기가 나오는 날은 그 식당의 미역줄기가 맛이 있든 맛이 없든 아주머니께 부탁을 드려 늘 두세 번씩 더 먹기 마련이다. 그 모습을 의아하게 생각하는 주변 지인들은 내게 가끔 묻는다.

"도윤아, 너는 미역줄기가 그렇게 맛있냐?"

그때마다 이 모든 사정을 설명하기 힘든 나는 늘 한 단어로 설명할 수밖에 없다.

"그냥."

대낮의 식당에서 엄마와의 사연을 얘기해 주기도 힘들지만, 엄마의 넘치는 사랑을 말로 다 표현할 자신이 없기에 한 말이다.

나는, 우리는 그렇게 말이 마음을 다 담지 못할 때 '그냥'이
라는 말을 쓰는 것 같다. 오늘도 식당에서 미역줄기가 나왔
다. 그리고 난 역시 몇 번이나 더 부탁을 드려 먹었다. 그냥
이라는 말과 함께.

노인이 한 명 앉아 있었다

엄마와 나는 종종 맛있는 집을 찾아가곤 했다. 하루는 따뜻한 국물이 먹고 싶다는 엄마의 말에 압구정 현대백화점의 맞은편에 있는 한 전골집에 갔다. 빈자리로 보이는 테이블에 앉아 메뉴를 보고 있는데 이제 갓 초등학교 1~2학년쯤 된 아이가 오더니 엄마에게 말을 걸었다.

"할머니, 여기 저희 자리예요."

먼저 테이블에 앉아 있던 손님들이 잠시 화장실을 간 사이, 우리가 앉아버리는 바람에 생긴 작은 해프닝이었다. 너무나 당연한 장면이지만, 나는 그 순간 아이를 한 대 쥐어박고 싶었다.

'이놈 자식아, 우리 엄마한테 할머니라고 하다니. 우리 엄마는 아직 예순밖에 안 된 아줌마라고.'

마음속으로 그 말을 뱉고 있었다. 하지만 현실의 나는 겸연쩍은 표정으로 아이한테 '미안하구나~' 하고 다른 빈자리에 앉았다.

맛있다고 소문난 전골 2인분을 종업원에게 주문한 후 식사를 했다. 그러면서 엄마가 밥 먹는 모습을 참 오래도 바라봤다. 너무 오랫동안 함께하다 보니 시간이 늙어가는 걸 몰랐나 보다.

내 앞에는 이제 염색하지 않으면 하얀 백발밖에 없는 노인이, 세월의 풍파를 그대로 얼굴에 맞아 나이가 든 노인이, 세월의 무게를 그대로 지고 살아 축 처진 작은 어깨를 가진 노인이, 한 명 앉아 있었다.

엄마와 나의 나이 차이는 정확하게 서른 살이기 때문에 그때 내 나이는 서른 살이었다. 내 동년배들이 그러듯 나 또한 벌써 서른 살이란 사실에 슬퍼하고 있는 동안, 우리 엄마가 이렇게 나이 든 줄은 전혀 모르고 있었다. 내 나이 먹는 걱정에, 엄마 생각은 전혀 하지 못하고 있었다. 나는 지독히도 나밖에 몰랐다.

아이의 투명한 눈과 있는 그대로 말하는 순수함 덕분에 나는 엄마가 예순이 됐다는 것을 숫자가 아닌 얼굴로 깨달을 수 있었다. 아이는 아무 잘못이 없었다. 아이의 작은 말 한 마디는 현실을 바라보게 해 줬다. 만약 평균 수명이 80세까지라면 엄마의 수명은 이제 겨우 20년밖에 남지 않았고, 석

달에 하루를 오로지 엄마와 함께 보낸다고 해도, 엄마와 함께할 수 있는 날이 80일도 채 남지 않은 것이다.

그날 압구정동의 식당에는 한 아줌마와 자식이 들어갔지만, 식당을 나올 때는 그 자식 옆에 한 할머니가 있었다.

내 나이 먹는 걱정에,

엄마 생각은

전혀 하지 못하고 있었다.

나는 지독히도 나밖에 몰랐다.

가정을 책임진다는 것의 무게

나의 아버지는, 엄마와 함께 간 신혼여행에서 중국집에 가서 사준 음식이 탕수육이 아닌 짜장면이라 평생 잔소리를 들으실 정도로 구두쇠였다. 또한, 미련하고 답답한 성격에 사회생활을 잘 못하셨지만, 누구보다 성실하고 가족을 위한 책임감으로 평생을 산 사람이 우리 아버지다.

아버지는 대학을 나오는 사람이 많지 않던 그 시절, 대구에 있는 4년제 대학을 나와 지금의 LG전자, 현대건설, 현대모

비스를 다니셨다. 하지만, 아버지의 성격은 우리나라에 명예퇴직이라는 말이 생기기도 전, 마흔이란 이른 나이에 회사를 그만두게 만들었다. 실직 후, 우리 집은 많이 달라졌다. 백수가 된 아버지 때문에 예전과 달리 외식을 하기 힘들어졌고, 이제 갓 초등학생이 된 나는 학교생활기록부의 아버지 직업란에 번번이 거짓말을 적어야 했다.

몇 년쯤 지나 아버지는 택시 운전을 시작하셨다. 그렇게 아버지가 한 달 동안 열심히 일하고 회사에서 받을 수 있는 월급은 130만 원이었다. 그 돈은 아버지가 오후 두 시부터 새벽 다섯 시까지 밥 먹는 시간을 제외하고 하루 열다섯 시간을 운전하고, 온몸이 으스러지도록 25일 동안 일만 해야 집에 가져올 수 있는 돈이었다. 아버지는 매번 채우기 힘든 사납금을 넘길 만큼 많은 운행을 해 추가되는 금액까지 합쳐 매달 250만 원을 가져오셨다.

하지만, 나는 어렸다. 누구보다 열심히 일하는 아버지의 성실성보단, 왜 우리 아버지는 제대로 된 직장을 못 가지고 택시 운전을 하는 걸까, 왜 우리 아버지는 능력이 없어서 엄마를 고생시키는 걸까 하며 원망했다. 지금도 생각나는 가장 못난 순간은 그런 마음속 말을 화가 났을 때 아버지에게 그대로 뱉어 버렸다는 것이다. 할 수 있는 일이 그것밖에 없어서 그걸로라도 우리 가족을 책임져야 했던 아버지는 그때 어떤 마음이셨을까.

술, 담배, 노름 등 본인을 위한 것은 그 어떠한 것도 하지 않는 아버지, 아무것도 하지 않다 보니 아무런 취미도, 취향도 없어진 아버지가 되어 있었다. 우리 가족 하나 잘 살리기 위해 폭삭 늙어 버린 노인 한 명만 있을 뿐이었다.

언젠가 아버지는 나와 함께 걸으며 택시를 시작했던 일에 대해 고백하셨다.

"내가 능력이 없어 회사에서 해고를 당했지. 그게 얼마나 큰 충격이었는지 몰라. 그때부터 돈 들어오는 게 없으니까 살아가는 거 자체가 굉장히 어려웠지. 퇴직금 받은 건 몇 달 지나고 사라졌으니까. 매월 들어오는 생활비가 없으니까 네 엄마한테 얼마나 미안했는지 모른다.

5년 정도 직장이 없다 보니 점차 생활이 곤궁해지더라. 우리 도윤이, 도형이 키워야 하는데 직장은 잃어버렸지, 생활비는 없지 정말 고통의 시간이었다. 그때부터 택시 운전을 시작했지. 대기업을 다니다가 나와서 택시 운전하는 게 쉬웠겠냐. 네 엄마도 그 어려운 걸 할 수 있겠냐고 걱정했지. 그래서 처음에 택시 운전을 할 때는 숨어서 했다. 그렇게 6개월에서 1년만 해 보기로 하고 시작한 게 벌써 20년이 넘어버렸네."

어머니라는 말은 듣기만 해도 참 눈물 나는 단어이지만, 아버지라는 말은 듣기만 해도 어깨가 무거워진다. 세상의 모든 풍파를 막아서야 했던 아버지의 어깨. 그 힘듦만큼 작아

져 버린 아버지의 어깨. 그렇게 어머니와 아버지는 안과 밖으로 우릴 지켜 주셨다. 그래서 어머니의 '어'자는 안을 향하고, 아버지의 '아'자는 밖을 향하는지도 모른다. 가족에 대한 사랑은 어머니를 따를 수 없지만, 가족에 대한 책임은 아버지를 따를 수 없는 거 같다.

아버지는 1996년부터 지금까지 벌써 수십 년 동안 택시를 운행하며 우리 가족을 지키셨다. 때때로 자랑스러운 아버지가 아닐지도, 부끄러운 아버지였을지도 모른다. 그럼에도 나와 우리 가족을 편안하게 잘 살 수 있도록 열심히 사신 아버지처럼, 당신의 아버지도 당신이 할 수 있는 선에서 최선을 다하고 계실지도 모른다. 나 또한 세월이 흘러 내 땀과 시간으로 월급을 받은 후에야 아버지의 무게와 세상의 무서움을 알게 됐다.

아마 당신도 겪어봐야 그 마음을 알 것이다. 다만, 세월이라는 핑계로 나처럼 아버지에게 상처를 꽂지는 않았으면 한다.

몰라서 빼앗아버린 것

30대 초반, 피부에 관심이 많던 여자친구에게 화장품을 사준 적이 있다. 여자친구와 함께 매장에서 화장품을 고르던 중, 어떤 아주머니가 영양 크림을 사기 전에 자기 얼굴에 발라보는 장면이 눈에 들어왔다. 문득, 엄마에게 화장품을 사준 적이 한 번도 없다는 사실을 깨달았다.

그래서 여자친구의 화장품을 사는 김에 엄마의 피부도 신경 써야겠다는 생각이 들어, 조금은 비싸지만 괜찮다고 소문난 S사의 50g짜리 영양 크림을 샀다. 크기에 비해 많이 비싼 여성 화장품 가격에 놀랐지만, 엄마에게 사주는 첫 화장품이기에 좋은 것을 선물하고 싶어서 선뜻 결제했다. 화장품 크기만큼 포장지도 작았지만, 대구로 가는 내내 엄마가 좋아할 모습에 입가에 미소가 지어졌다. 집 앞 대형마트에 입점한 작은 꽃가게에 들러 분홍색 장미 열 송이와 함께 고향 집을 찾아가 엄마에게 선물을 내밀었다.

마냥 좋아할 거라고만 생각했던 것과 달리, 엄마는 "뭐, 이렇게 비싼 화장품을 샀냐"며 날 조금 나무랐다. 말은 그렇게 했지만, 거실에서 가장 잘 보이는 곳에 영양 크림을 둔 채 집안일 하는 내내 흘깃흘깃 쳐다보기를 멈추지 않는 엄마를 보며 '엄마도 역시 여자구나'라고 생각했다. 그렇게 내 선택이 옳았다고 뿌듯해하며 고향에서 시간을 보내다 다시 서울로 올라왔다.

그 당시 고향집인 대구에는 3개월에 한 번씩 가고 있었는데, 3개월이 지나도, 6개월이 지나도, 9개월이 지나도, 1년이 지나도 화장품이 있는 위치가 전혀 바뀌지 않았다. 1년쯤 됐을 때 이상함을 느낀 나는 화장품 뚜껑을 열어 봤다.

그제야 엄마가 단 한 번도 화장품을 사용한 적이 없다는 것을 알았다. 자식이 엄마를 위해 고민해서 산 화장품을 단 한 번도 바르지 않았다는 사실에 화가 났다. 화라기보다는 답답한 감정이었다. 엄마도 화장품의 유통기한이 1년 정도라는 것을 모르지 않았을 텐데 말이다.

답답함에 엄마에게 말하니, 엄마가 대답했다.

"우리 아들이 처음으로 사준 화장품인데, 아까워서 어떻게 사용하니."

지금 생각해 보면 엄마로서는 충분히 그럴 수 있는 일이었다. 하지만 난 엄마를 이해하기엔 생각이 어렸다. 그저 돈으로만 그 가치를 측정하고 있었다.

"그게 얼마짜리인데 1년 동안 사용하지 않아서 아까운 화
장품을 못 쓰게 만드세요?"

그러면서 정말 못난 짓을 했다. 다른 더 좋은 화장품을 사
주겠다고 말하고 유통기한이 얼마 남지 않은 영양 크림은
내가 서울로 들고 와서 써 버렸다.

나는 알지 못했다. 영양 크림을 발라서 피부가 좋아지는 것
이상으로, 영양 크림을 보는 것만으로도 엄마의 마음이 행
복해질 수 있다는 것을. 엄마는 그간 영양 크림을 피부가 아
닌 마음에 바르고 있었다는 사실을 나는 알지 못했다. 또
한 나는 알지 못했다. 내가 처음으로 사준 화장품보다 더
좋은 화장품은 있어도, 자식이 처음 사준 화장품보다 더
행복을 주는 화장품 따윈 엄마에게 없다는 사실을 말이다.

모르기 때문에 가져갔다. 모르기 때문에 빼앗아 갔다. 고작 십만 원이 좀 넘는 돈을 아끼겠다고 엄마의 마음에 핀 주름을 한 가닥 한 가닥 곱게도 펴 주던 행복을 나는 서울로 가져가 버렸다.

선물을 준 줄 알았던 내가 돌이켜 보니 아픔을 줘 버린 꼴이 됐다. 영양 크림이란 물건을 주는 척 엄마의 작은 자랑거리 하나를 빼앗아 갔으니 말이다.

없을 때 느껴지는 존재의 소중함

✦

✦

✦

서른이란 늦은 나이에 졸업하고 취업해서 서울로 올라가야 했던 나는 1년 동안 고시원에 살아야 했다. 첫 독립이었다. 그것도 서울로 말이다. 주변 지인들은 서울의 외국계 회사에 취업했다고, 그것도 강남구 삼성동에 있다고 하니 '도윤이 잘 나가네'라고 놀렸지만 막상 내가 사는 곳은 두 평 남짓한 고시원이었다. 서울의 집값이 너무 비쌌기 때문이다.

두 평 남짓한 공간도 독립은 독립이었다. 대구에 사는 엄마도 자식 걱정에 함께 서울 길에 올랐고, 시간이 늦어 하룻밤을 묵고 갔다. 사람 한 명이 겨우 누울 수 있는 침대에 엄마가 자리했고, 나는 마찬가지로 사람 한 명이 누우면 딱 맞는 좁은 바닥에 누웠다. 침대가 아닌 찬 바닥에 누워 있으려니 몇 시간 동안 잠을 이루지 못했다.

찬 바닥보다 더 쌀쌀했던 것은, 첫 독립이라는 무서움이었다. 해외 봉사를 하면서 서너 주 정도 집을 비우고, 인턴을 하면서 한두 달 정도 집을 떠난 적은 있었지만 어차피 곧 집으로 돌아올 여정이었다. 이젠 돌아가지 않는다는 기분이 낯설었다. 단 하룻밤 만에 그동안 내가 얼마나 편하게 살았는지, 부모님께 받은 사랑이 얼마나 컸는지를 깨달을 수 있었다.

다음 날, 대구로 돌아가는 엄마를 배웅하던 길. 결국 엄마의 눈가에 눈물이 맺히고 말았다. 어미 새도 새끼 새의 독립을 그때에야 느꼈나 보다. 늘 품 안에 있을 거라고 생각한 자식이 떠나는 모습을 본 엄마의 마음은 어땠을까. 내 몸으로 낳고 내 마음으로 키운 자식을 떠나보내는 마음은, 자식인 나로서는 도저히 상상조차 못 할 것 같다.

첫 출근을 마치고 집에 돌아왔다. 집에 오면 반겨 줄 사람도 없고, 밥을 차려 줄 사람도 없었다. 그런 서울에서 혼자 살아가야 한다니 많이 외로울 것 같았다. 하지만, 아무도 없는 서울 땅이기에 오히려 가족의 소중함을 알 수 있는 시간이 되기도 했다. 언제나 존재는 부재를 통해 그 가치를 알게 되는 법이니까.

언제나 존재는

부재를 통해

그 가치를 알게 된다.

시간을 초월한 마음

뜨거운 여름이 시작되기 전인 6월, 이른 아침 일곱 시. 고시원에 휴대폰 벨 소리가 울렸다. 엄마의 전화였다. '아침부터 무슨 일이지' 하고 전화를 받았는데, 엄마가 고시원 앞에 있다고 이야기했다. '대구에 사는 엄마가 왜 이 시간에 서울에 있을까'라는 궁금증을 가진 채 슬리퍼를 신고 1층으로 내려갔다.

엄마는 가까운 지인이 세상을 떠나서 어제 서울에 올라왔고, 장례식장에 다녀온 뒤 내가 사는 삼성역에 새벽 다섯 시에 도착했다고 말했다. 내가 엄마를 만난 시간과 엄마가 도착한 시간의 공백에 이상함을 느낀 나는 엄마에게 물었다.

"그럼 새벽 다섯 시에 왔으면 그때 전화를 해야지, 두 시간 동안 뭐 하셨어요?"

이어진 엄마의 답변에 할 말을 잃고 말았다.

"새벽에 전화하면 네가 깨잖아. 일곱 시쯤 전화하면 이미 일어나 있을 거라 생각했지. 엄마 때문에 직장 다니는 자식이 힘들면 안 되잖니."

여덟 시 반에 출근하기 위해 일곱 시에 일어나는 걸 아는 엄마가 그때 맞춰서 전화한 거였다. 그런 엄마에게 나는 마음에도 없는 화를 냈다.

"왜 밖에서 기다리고 계세요, 그냥 전화를 주시지."

엄마에게 미안한 마음에 나온 화였으리라. 그깟 내 출근이 뭐 그리 중요하다고, 겨우 하루 일찍 일어나는 게 뭐 그리 미안한 일이라고 그 자그마한 피해조차 엄마는 용납하지 않았다.

미안한 마음과 죄송한 마음을 뒤로 한 채, 엄마와 나는 펄펄 끓는 김치찌개와 잘 익은 계란후라이가 나오는 백반집에서 아침 식사를 했다. 그렇게 한 시간가량 함께 시간을 보내고 지하철역까지 엄마를 배웅했다. 사무실로 걸어가는 동안 문득 생각이 들었다. 근처에 24시간 카페도 없고, 카페에 들어가서 커피도 마실 줄 모르는 엄마가 대체 어디에 있었을까?

아무리 6월이라고 해도 이른 새벽의 다섯 시는 싸늘하고 어두웠을 텐데. 내가 사는 고시원 근처를 두 시간 동안 걸어 다니며 아침 일곱 시가 되기를 기다리고 있었을 엄마의 발걸음이 눈에 선하게 보였다. 지나치도록 답답한 엄마의 사랑에 눈물이 맺히기 시작했다.

나라면 어떻게 했을까? 나는 엄마에게 똑같이 해 줬을까? 생각할 필요조차 없는 질문이었다. 나는 새벽 두 시든 새벽 다섯 시든 엄마를 보고 싶다는 핑계로, 내 몸 하나 편하려고 당장이라도 연락했을 것이다.

엄마의 사랑은 시간조차 초월했나 보다. 자식을 보고 싶은 마음보다 자식을 사랑하는 마음이 더 크기에, 어두운 거리에서 두 시간 동안 기다릴 수 있었을 것이다. 그런 엄마의 사랑 덕분에 난 그 힘든 계약직 생활을 마치고 무사히 정규직으로 전환될 수 있었다.

그날의 시간을 통해 엄마는 내게 가르쳐 줬다. 사랑하는 사람을 보고 싶은 마음보다, 그 사람을 사랑하는 마음이 왜 더 커야 하는지를. 그랬을 때의 두 시간은, 오후 네 시에 올 어린 왕자를 기다리던 여우의 오후 세 시와 같다는 것을.

당신 삶의 유일한 행복

⁜

⁜

⁜

엄마에게 행복이란 어떤 형체의 것이었을까? 사람들이 행복을 느끼는 포인트는 제각기 다른 얼굴만큼 다양하지만, 엄마의 행복은 공장에서 찍어 낸 정형화된 어떤 물체처럼 그 모양이 비슷한 것 같다.

'자식과 함께하는 순간'과 '자식이 잘되기를 바라는 마음'. 엄마의 삶을 돌아보면 그것만이 엄마의 인생에서 중요한 시간이었고 행복이었다. 엄마는 자신을 위해 시간을 낼 줄 아

는 사람이 아니었고, 자신을 위해 돈을 쓸 줄 아는 사람도
아니었다.

엄마 시간의 주체는 엄마 자신인데, 그 시간의 대부분은 내
가 차지하고 있었다. 내가 갓난아기였던 시절, 두세 시간마
다 잠에서 깨어날 때면 곁에 늘 엄마가 있었고, 학창 시절
학교 숙제가 있는 밤이면 엄마는 옆에서 나와 함께 끙끙댔
다. 대학 입시나 취업 등 인생의 중대사에서도 엄마는 언제
나 내 옆자리를 지켜 줬다.

내가 첫 책을 내고 신문 지면에 나왔을 때, 하루만 참으면
기자를 통해 신문을 보내 주겠다는 말을 엄마는 듣지 않았
다. 아침에 일어나자마자 온 동네에 신문을 구하러 다녔다.
신문이 흔하지 않은 세상이 됐기에 엄마는 같은 신문을 여
러 부 사기 위해 동네에서 먼 신문사 지국까지 찾아가곤 했
다. 그렇게 구한 신문들은 친척들을 만나 식사하는 자리에
서 '우리 도윤이가 신문에 나왔어'라는 말과 함께 한 부씩

건네졌다. 그게 뭐라고.

우리에게 행복의 순간은 매 순간 바뀐다. 10대 때는 친구와
의 즐거운 추억으로, 20대 때는 연인과 보내는 행복한 시간
으로, 30대 때는 직장과 결혼 생활에서의 삶으로. 하지만,
엄마의 세상은 마치 고장 난 시계처럼 어느 시간대에 멈추
어져 있다. 바로 자식이라는 시간에.

나이가 조금씩 들면서 자식에게 엄마가, 가장 친한 친구가
되기도 한다. 나이가 듦과 동시에 환경이 바뀌면서 친구들
과 멀어지고 세대 차이가 점차 줄어들면서, 엄마를 이해하
게 되는 부분이 늘어나고 결혼하고 가정을 꾸리는 과정을
통해 엄마의 고충을 알게 되니까. 그렇지만, 대다수는 너무
늦게 엄마를 발견하게 된다.

우리의 변명을 무색하지 않게 만드는 이유는 늘 엄마에게
있다. 엄마는 예전부터 거기에 있었으니까. 엄마라는 존재

의 시침 자체가 어느 시간대에서 멈춘 후, 그곳에서 자식의 시간과 마주치기까지 기다리고 있으니까.

다행히 나는 그 시침에 너무 늦지 않게 도착할 수 있었다. 30대 초반까지만 해도 고향에 내려가면 오랜만에 만난 친구들과 함께 술 마시는 것만이 유일한 행복인 것처럼 정신이 없었지만, 언젠가부터 특별한 경우를 제외하고는 최대한 엄마를 비롯한 가족과 함께 시간을 보낸다.

특히, 엄마와는 꼭 한번 식사하려고 하거나 얼굴에 팩을 붙인 채 함께 누워 있으려고 한다. 아직은 엄마에게 비싼 것을 많이 사줄 수는 없지만, 나와 함께 식사하는 것만으로도, 자식이 살아가는 이야기를 전하는 것만으로도 엄마는 행복해하는 것 같았다. 그 행복은 진짜였다.

사실 가족과 함께 보내는 시간은, 연인과 함께 보내는 시간보다 설레지 않고 친구와 함께 보내는 시간보다 즐겁지도 않다. 함께한 세월만큼 너무 편한, 아니 편하다는 말조차 어색할 정도로 익숙한 존재니까. 그렇지만 가족과 함께하는 시간이, 설레는 시간이나 즐거운 시간만큼이나 중요하다.

하지만 과연 아는 만큼 함께 시간을 보내고 있는 걸까? 생각보다 그 시간이 많이 남지 않았을지도 모른다. 성공하고 나서 잘해 드릴 수 있을지도 모른다. 하지만 동시에 그땐 너무 늦을지도 모른다.

그러니, 지금 내가 가족과 할 수 있는 걸 하면 어떨까? 단지, 함께 시간을 보내는 것만으로도 충분할지도 모른다.

지금 우리가

사랑하는 사람과

할 수 있는 걸 하면 어떨까.

단지 함께 있는 것만으로

충분할지도 모른다.

작은 돌멩이조차 되지 않게

＊

＊

＊

우즈베키스탄으로 한 달간 해외 봉사를 떠난 적이 있다. 우
즈베키스탄의 수도인 타슈켄트에서 그곳 아이들을 위한 IT
교육과 문화 교육 봉사활동을 했다. 해외에 나왔기 때문에
집에는 일주일에 한 번 정도 전화를 하고 있었다.

여느 때처럼 전화했는데, 전화를 받은 엄마의 목소리가 불
안정하게 느껴졌다. 뭔가 꺼림칙한 기분이 들었지만 형과
아버지 모두와 통화했기 때문에 괜찮은 줄 알았다. '설마 집

에 무슨 일이 있겠어'라는 생각이었다.

한 달간의 봉사활동을 마치고 집에 돌아왔다. 다행히 온
가족이 모두 보였다. '아무 일 없었구나, 괜한 걱정이었구
나'라고 생각했다.

가족이 모여 소파에 앉아 이야기하는데, 엄마가 내가 떠나
기 전 갑상선암을 발견했고, 내가 우즈베키스탄에 있을 때
갑상선암 수술을 받았다고 이야기했다.

하, 순간 할 말이 생각나지 않았다. 나는 조금만 아파도, 무
슨 일만 생겨도 엄마를 찾았는데 아무리 암 중에 가장 만
만한 암이 갑상선암이라 할지라도, 암이라는 큰 병에 걸렸
는데 도대체 왜 나한테 바로 이야기하지 않았던 걸까, 화가
났다.

엄마는 말했다.

"엄마가 수술한다는 걸 알면 네가 한국에 와야 할까 봐. 오지 않더라도 그곳에 있는 내내 걱정했을 테니까. 네 일에 방해가 되지는 않아야 하니까 말하지 않았어. 지금은 건강해졌으니 괜찮아."

그깟 봉사활동이 뭐가 중요하다고 엄마는 자신의 아픔을 얘기하지 않았을까. 수술실에 들어가는 순간 얼마나 무서웠을까, 혹시나 잘못되지 않을까 하는 생각에 내가 보고 싶었을 텐데, 내 목소리가 듣고 싶었을 텐데. 일방향인 사랑에 기가 막혔다. 내게 말해 줬다면 해외 봉사를 중도에 포기하고 한국에 들어왔을 거다. 어느 자식이 부모의 수술을 앞두고 해외에 있을 수 있겠는가.

엄마도 그걸 알았을 거다. 내가 떠난 해외 봉사가 내 인생에 반드시 필요하지 않을 수 있다는 걸 엄마도 알았지만, 엄마는 그냥 내 인생에 발에 차이는 돌멩이 하나조차 되고 싶지 않았던 거다. 외할아버지가 돌아가셨을 때도 그랬다. 내가 군대에 있을 때 외할아버지가 돌아가셨지만, 난 며칠이 지나서야 그 소식을 들었다. 엄마는 내가 걱정할까 봐 일부러 알려 주지 않았다. 자신의 아버지가 돌아가신 그 순간에도, 엄마는 나를 생각했다.

살면서 힘들 때마다 나는, 엄마에게 수많은 돌멩이를, 나뭇가지를, 온갖 험난한 길을 치워 달라고 부탁했는데, 엄마는 마지막까지 내게 그 어떤 조그마한 돌멩이조차 되는 것을 허락하지 않았다.

하늘에 천국이란 곳이 없으면 좋겠다. 엄마는 그곳에서도 내 걱정으로 눈물 흘릴 테니까. 다음 생애란 없으면 좋겠다. 엄마는 그 생애에서마저 날 기억할 테니까.

살면서 힘들 때마다 나는

수많은 돌멩이를, 나뭇가지를,

온갖 험난한 길을 치워 달라고 했는데

엄마는 마지막까지 내게

그 어떤 조그마한 돌멩이조차

되는 것을 허락하지 않았다.

아무 말도 하지 않은 이유

✦

✦

✦

어린 시절, 나는 사람들에게 내 이름 세 글자로 불려본 적이 거의 없다. 초중고 학창 시절만 해도 이름 대신, 이국적인 외모로 인해 만들어진 별명으로 불리곤 했다. 원래도 내성적인 성격이었지만 어쩌다 자신감을 가지고 세상에 한 발짝 나가면, 사람들은 날 향해 "너 외국 사람이야?", "네 부모님 한국 사람 맞아?"라고 말했고, 나는 또다시 두 걸음 물러나야만 했던 일이 반복됐다.

그러다 보니 나의 가장 큰 문제점이던 자신감 부족은 갈수록 더 심해지기만 했다. 아무것도 모르는 어린 시절의 장난이라고 할지라도, 때로는 그 정도가 수위를 넘을 때가 많았다. 그랬기에 난 어릴 때부터 소극적인 성격으로 삶을 살 수밖에 없었다.

대표적인 것이 수업 시간에 손을 들고 "선생님, 잠시 화장실 좀 다녀와도 될까요?" 이 한 문장을 말하지 못하는 것이었다. 말해서는 안 될 금기어라도 되는 양 너무 부끄러웠다. 그냥 말하면 되는데 말하지 못했다. 손을 들고 무언가를 말한다는 것이, 심지어 화장실에 가야 한다는 창피함에 손을 들지 못했다.

그래서 큰 실수를 한 적이 있다. 정확하게는 세 번이나 있었다. 나의 분신이 세상 밖으로 나오는 순간이 되면 자연스레 반에서는 냄새가 났고, 누가 그 범인인지 모두가 알게 됐다. 으레 그렇듯 전교생의 손가락질을 받게 됐고, 그 손가락질은 나를 세상 밖으로 나오지 못하게 하는 더 단단한 자물쇠가 됐다. 왠지 자물쇠를 열기라도 하면 사람들의 비웃음이 새 나올 것만 같았다. 손만 한번 들었으면 그 모든 창피함을 모면할 수 있었을 텐데, 어린 시절 나는 작은 행동 하나도 실행하지 못하는 겁쟁이였다. 그렇게 나는 조퇴 아닌 조퇴를 할 수밖에 없었다.

그 뒤처리는 엄마의 몫이었다. 생각해 보면 엄마도 놀랐을 것이다. 실수로 한 번도 아니고 세 번이나 그랬으니까 답답했을 것이다. 하지만 엄마는 내게 아무런 말을 하지 않았다. 그저 바지를 깨끗하게 빨았다는 말뿐이었다. 장에 좋은 음료수라면서 야쿠르트 아주머니를 통해 불가리스를 받아먹게 할 뿐이었다.

이 이야기를 하면 사람들은 내게 '왜 화장실에 간다고 손을 안 들었냐? 그게 왜 창피하냐'고 많이 묻는다. 하지만, 손을 들 수 없었기에 벌어진 일인데 내게 그걸 물어보는 것만큼 상처를 주는 질문도 없다.

엄마는 아무것도 묻지 않았다. 엄마는 왜 자꾸 바지에 실수하냐며 나를 다그치지 않았다. 나에게 학교생활에 문제가 있냐고 따지지 않았다. 그냥 아무것도 묻지 않았다. 그저 바지를 빨아 줬다. 그리고 내가 스스로 괜찮아지기를 기다려 줬다. 그렇게 중학생이 됐을 때쯤, 나는 더 이상 바지에 실수하지 않았다.

나이가 들고 엄마에게 물어본 적이 있다.

"엄마는 내가 큰 실수를 했을 때 놀라지 않았어? 그때 엄마는 어땠어?"

엄마는 웃으며 말했다.

"엄마도 놀랐지, 하지만 엄마가 놀란 걸 아들한테 표현하면

넌 집에서마저 힘들 거잖아. 그러면 네 마음이 얼마나 아프겠니. 그래서 그랬지 뭐."

엄마는 나의 실수를 눈감아 주고, 스스로 바꿀 수 있을 때까지 기다려 줬다. 그래서 난 집에서만큼은 오로지 나 자신으로 있을 수 있었다.

기다려 주는 것은 말하는 것보다 어렵다. 말하는 것보다 오래 걸린다. 하지만 한 사람이 바뀌는 걸 기다려 주는 것만이, 한 사람이 오로지 스스로 성장할 수 있게 도와주는 길이라는 걸 나는 엄마의 배려를 통해 배웠다.

같은 시간에 같은 마음으로

⁺

⁺

⁺

초등학교 이전의 기억은 크게 남아 있지 않다. 기억력이 나빠서인지 부모님이 자주 싸우셔서 좋은 기억이 없어서 그런지는 잘 모르겠지만, 언제나 가장 먼저 떠오르는 것은 한 바닷가에서의 추억이다.

아주 어렸을 적인 여섯 살 때쯤 가족과 함께 바닷가로 여행 간 적이 있다. 바닷가에서 엄마가 준비해 온 불고기를 버너에 구워 먹으며 행복한 시간을 보냈다. 그러다 밤 열 시쯤 됐을까, 네 식구가 모두 텐트에 옹기종기 끼여 잠이 들었다. 텐트가 크진 않았지만, 이제 초등학생인 형과 유치원생인 나였기에 충분히 잠들 수 있었다.

새벽 다섯 시쯤, 텐트가 물에 젖기 시작했다. 바닷물이 해변가로 올라오기 시작한 것이다. 너무 어려서 위험에 대한 감지가 부족한 형과 나와는 달리, 부모님은 깜짝 놀라며 난리를 치셨다. 그러면서 텐트를 물에 닿지 않을 정도로 뒤에다 옮기셨다.

형과 나는 혹시나 물이 가까이 오더라도 우릴 안전하게 지켜 줄 배수로를 만들었다. 고작 열 살도 채 되지 않은 아이들이 얼마나 대단한 배수로를 만들었겠는가. 조막만 한 손으로 바삐 물이 지나갈 길을 열어, 물이 빠져나갈 길을 만들었다.

한 30분 정도 시간이 흘렀을까, 부산스럽게 정리한 후 자리에 누운 뒤에 온 가족이 웃으며 잠든 기억이 난다. 내겐 너무 어렸을 때라 그런지 위험하다는 생각은 전혀 들지 않았고, 그냥 새벽 다섯 시의 진흙 놀이 같은 거였다. 새벽에 온 가족이 일어나 마음을 모아 무언가를 했다는 자체가 너무 재미있었다.

그 전과 그 후로도 우리 가족은 종종 국내 여행을 다녔지만 내 기억 속에 남아 있는 여행은 딱 이거 하나뿐이었다. 재밌는 것은 어렸을 적 가끔 내가 없어져서 한참을 찾을 때마다 엄마가 나를 찾은 곳은, 집에서 멀지 않은 바닷가였다는 사실이다. 그때의 나는 혼자서 소풍 가방을 메고 그곳을 걷고 있었단다.

생각해 보면 아무것도 아닌 일이었다. 무언가 대단한 것을 본 것도 아니었다. 남들도 다 가는 흔한 바닷가의 해변에서 밥 먹고, 텐트 치고, 잠이 든 지극히 평범한 일상이었다.

하지만 온 가족이 함께했고, 같은 시간에 같은 마음으로 함께 했던 몇 안 되는 여행이었다. 새벽 다섯 시에 바다가 우리 가족에게 준 해프닝은, 파도와 함께 밀물로 평생 내 마음속에 큰 행복을 가져다줬다.

생각해 보면

아무것도 아닌 일이었다.

지극히 평범한 일상이었다.

하지만

같은 마음으로 함께한 기억은

평생 큰 행복을 가져다줬다.

끝내 보지 못한 얼굴

입대 날짜가 정해졌다. 마땅히 이수해야 할 병역의 의무이지만, 그때의 어렸던 내게 군대란 피하고 싶지만 갈 수밖에 없는 곳이었다.

내가 가야 할 곳은 많은 사람이 훈련병으로 거듭나는 강원도 춘천의 102 보충대였다. 가족과 많은 시간을 보내야 했지만, 스물한 살의 어린 나이였던 내게 가족보다 더 중요한 것은 친구였다. 입대 날짜 2주 전부터 친구들과 술을 마시고, 또 다른 친구들과 술을 마시고, 하루 이틀 전이 되어서야 가족과 시간을 보내다 보니 입대할 날이 코앞으로 다가왔다.

강원도 춘천으로 가는 버스를 타기 위해 아침 일찍부터 대구의 서부고속버스터미널에 갔다. 그곳에는 할아버지와 할머니, 아버지, 그리고 엄마가 나를 배웅해 주기 위해 나와 있었다. 나름 먼 곳으로 간다는 생각에 할아버지와 할머니께 길바닥에 엎드려 절을 하고, 아버지와 엄마에게 포옹하고 버스에 올라탔다.

버스에 올라탄 후 할아버지, 할머니, 아버지에게 눈인사를 하는데 엄마의 얼굴만큼은 볼 수가 없었다. 엄마의 얼굴을 피하고 싶지 않았지만 피할 수밖에 없었다. 마주하자마자 참을 수 없는 무언가가 터질 거만 같은 느낌이 들어서. 보기만 해도 눈물이 나서 눈시울이 너무 뜨거워질 거 같았다.

엄마를 쳐다보지 않아도 엄마가 눈물을 흘리고 있다는 것쯤은 알 수 있었다. 엄마 마음도 나와 같을 테니까. 내가 울면 엄마도 울 것 같아서 쳐다보지 못한 내 마음이나, 세상을 잃은 표정으로 내 얼굴을 놓지 않으려는 엄마 마음이나 어느 쪽이 더 애틋한지 그때는 몰랐지만 이제는 알 것 같다.

마음이 더 아픈 건 엄마였다는 것을. 정말 보고 싶으면 아무리 힘들어도 쳐다볼 수밖에 없었을 테니까. 그건 참을 수 있는 영역의 것이 아닐 테니 말이다.

훈련소에서 열심히 훈련받다 보니 생각보다 시간이 빨리 흘러갔다. 한 열흘쯤 지났을까, 엄마의 편지가 와 있었다.

"사랑하는 도윤아, 몸 건강히 잘 있다니 고맙구나. 기다리던 너의 편지를 받고 엄마는 눈물을 흘리며 읽고 또 읽었다. 너와 헤어진 지 벌써 9일이 흘렀구나.

대구는 우리 아들 도윤이가 없어서 그런지 무척 삭막하구나. 엄마는 너와 이렇게 헤어져 본 적이 없는지라 너무나 가슴이 아프단다. 헤어진 첫날 밤에는 거의 통곡하다시피 울고 또 울어서 그다음 날 눈이 퉁퉁 부어 쌍꺼풀이 없어졌더라.

이제야 겨우 안정을 찾아가고 있단다. 세월이 약이겠지. 전화로 도윤이 목소리라도 들을 수 있으면 좋으련만 편지만 허락하니 우리 편지라도 자주 쓰자꾸나.”

아버지는 내가 입대한 후 며칠간 너무 서럽게 우는 엄마를 달래느라고 애를 먹었다고 이야기하셨다. 내가 없는 방에서 엄마가 혼자 울고 계실 걸 생각하니 마음이 참 쓰였다.

군에서의 첫 통화도 엄마가 아닌 친구였다. 집 전화번호를 가장 먼저 누르고 싶었지만, 눈물이 나면 엄마가 더 걱정할 거 같아서 못 했다. 그렇게 참다가 집에 전화했을 때는 역시나 눈물이 절로 났다. 엄마의 목소리를 듣기만 했을 뿐인데.

백일 휴가를 나가기 전 엄마가 보낸 편지에는 슬픔이 아닌 기쁨의 눈물을 흘렸다고 적혀 있었다.

"곧 우리 도윤이가 백일 휴가로 집에 오겠구나. 엄마는 생각만 해도 기쁨의 눈물이 흐르는구나. 4박 5일 동안 우리 맛있는 음식도 사 먹고 재미있게 시간을 보내자꾸나."

나를 위해 슬픔의 눈물과 기쁨의 눈물 모두를 함께 흘릴 수 있는 사람이 세상에 또 누가 있을까.

그때는 몰랐지만

이제는 알 것 같다.

마음이 더 아픈 건

엄마였다는 것을.

두 아이가 있는 30대 후반 엄마 이야기

'나는 못한다, 내 자식에게 엄마만큼'

사실, 중학교 때 철들면서부터 엄마라는 말만 들으면 많이 울었어요. 그때부터 우리 집이 조금씩 힘들어졌거든요. 엄마가 힘든 가정환경 속에서 우리를 키우면서 고생을 많이 했어요. 그래서 미안하고 잘해 드리고 싶은데, 그게 현실적으로 쉽지 않고 마음처럼 잘 안되네요. 마음으로는 엄마한테 잘해야 한다는 걸 알면서도 현실적으로는 제가 힘들 때, 기댈 곳이 필요할 때 엄마 생각이 나요.

애 키우면서 친정 가서 애를 맡기거나 도움을 요청할 수 있는 사람들이 부럽더라고요. 우리 집은 엄마가 일해서 그게 안 되거든요. 가끔은 저도 애 맡기고 어디 가서 좀 편하게 쉬고 싶을 수 있잖아요. 그럴 때 엄마 생각이 나요. 참 못됐죠? 자식은 엄마 마음을 절대 못 따라가나 봐요. 사랑은 내리사랑이라고 하잖아요. 위로 못 올라가요. 그게 안 돼요. 그래서 엄마한테 미안해요.

애 가졌을 때 너무 힘든 거예요. 배는 부르고 더워 죽겠고. 우리 엄마는 어떻게 출산을 세 번이나 했지 싶더라고요. 근데 애를 키우니까 와, 우리 엄마는 일하면서 어떻게 애를 셋이나 키웠지 싶더라고요. 그래서 가끔 너무 힘들 때 '엄마는 어떻게 그랬노' 하고 물어보면 엄마는 맨날 '너희 업고 일했지 뭐' 그래요. 그 말밖에 몰라요. 그냥 온몸으로 버틴 거죠.

엄마한테 늘 고마워요. 이때까지 우리 셋 포기하지 않고 버티면서 잘 살아온 거가요. 제가 우리 엄마였으면 진짜 다 포기하고 싶었을 거예요. 그동안 너무 고생했고 고맙고 그래요. 엄마 생각하면 다 그렇지 않을까요? 엄마는 해 주면서 바라지도 않잖아요. 저는 제 자식에게 엄마만큼 못해요.

2장.

어떤 행복은 오랜 뒤에 알게 된다

생에 한 번뿐일 수도 있는

두 번 다시 오지 않을 그 행복을,

부디 놓치지 않기를.

그때 들었으면 좋았을 텐데

어릴 적부터 한 번도 큰 사고를 쳐본 적이 없었다. 소극적이고 순한 성격 탓에 부모님의 속을 크게 썩인 적이 없었다. 오죽하면 엄마도 늘 말했을까.

"우리 도윤이는 술만 안 먹으면 걱정할 일이 없을 텐데."

술 먹고 사고를 쳤다기보다, 술을 마시면 오랫동안 마시다 보니 늦게 오는 일이 잦았기에 생긴 엄마의 잔소리였으리

라. 얘기가 나온 김에 재미있는 에피소드 하나를 고백하자면, 그날도 여느 때처럼 술에 취한 채로 곱게 집에 들어와 잠을 잤다.

자식 걱정에 잠 못 이루던 엄마는 내가 집에 들어왔는지, 잠은 잘 자고 있는지 방문을 열었다가 술에 취한 내가 힘들어하는 모습에 119를 불렀다.

잠이 깨 눈을 떠보니 병원 응급실이었고 의사 선생님께서 나에게 괜찮냐고 물어봤던 기억이 난다. '난 집에서 잘 잠들었는데, 왜 병원에서 깨어났을까?' 생각하며 민망한 모습으로 '네, 괜찮아요' 하고 벌떡 자리에서 일어났다. 엄마의 자식을 생각하는 마음이 빚어낸 해프닝이었다.

그런 내가 딱 한 번 부모님의 속을 썩인 적이 있다. 스무 살부터 스물한 살까지 거의 2년 동안 미친 듯이 게임만 한 것이다. 그 게임은 대한민국에 수많은 게임 폐인을 만든 원조 게임으로 유명한 리니지였다.

그 게임을 할 때만큼 열심히 무언가를 했던 적이 없을 정도로 온몸을 다해 게임을 했다. 잠에서 깨어나 눈을 뜨는 순간부터 다시 눈을 감는 시간까지 게임만 했다. 식사도 짜장면을 시켜서 5분 만에 먹으면서 게임을 했다. 그 와중에 죽지 않으려고 짜장면과 함께 오는 생양파를 먹는 것도 잊지 않았다. 그 당시, 리니지 게임에는 오래 앉아서 게임한 사람들이 혈액 순환이 잘되지 않아 죽었다는 괴담 아닌 괴담이 돌았기 때문이다.

그 모습을 하루 이틀, 한 달 두 달 보던 엄마는 화가 났다. 어느 날, 엄마는 특단의 조치를 취했다. 바로 거실에서 내 방으로 이어지는 인터넷 회선을 잘라버린 것이다. 그 후 며칠간은 피시방에 나다녔지만, 우리 집의 주인이 엄마이듯 경제권도 엄마에게 있었다.

용돈은 떨어져 갔고, 난 집에서 매일 잘린 회선만 바라봐야 했다. 절망 속에서도 희망은 있다고 했던가. 끊어진 회선을 바라보다 피복을 벗겨서 그 안에 전선들을 연결하면 인터넷이 되지 않을까 생각하고 시도했는데, 정말 되는 것이었다. 그때부터 스릴 넘치는 생활이 시작됐다. 엄마가 일어나서 집안일 하는 낮에는 잠을 잤고, 엄마가 자는 밤에는 엄마 몰래 전선을 연결해서 게임을 했다. 엄마가 일어날 때쯤 다시 전선을 떨어뜨려 놓고 다시 붙이고…. 몇 달을 그렇게 살았다.

어쩌면 그때 낮과 밤이 바뀐 덕분에 20년 가까이 지난 지금도 늦은 밤에 일하기가 어렵지 않은 것일지도 모른다. 물론, 몇 달간 게임을 하다가 결국 그조차 엄마에게 걸려 엄청 많이 맞았던 기억이 난다. 그때 끊어진 회선을 연결해 게임을 하는 나를 바라보던 엄마의 황당해하는 모습이 여전히 기억에 남아 있다.

군 복무를 하며 휴가 나왔을 때도 게임만 하는 날 보고 엄마는 이런 얘기를 했다.

"집에 휴가 왔을 때 계속해서 게임만 하고 가니, 엄마는 속이 너무 상했어. 제발 부탁이니 앞으로는 밤새도록 게임에 빠져서 엄마의 마음을 안타깝게 하는 행동은 하지 말아다오."

너무 늦었지만 지금은 게임을 전혀 하지 않고 인생을 열심히 살고 있다. 엄마가 좋아하려나. 그리 중요한 것도 아니었는데. 엄마가 그만두라고 했을 때 말을 들었다면 좀 더 좋았을 텐데.

생각해 보면

그리 중요한 것도 아니었는데.

그때 말을 들었다면

좀 더 좋았을 텐데.

돌아보니 가장 행복했던 한때

서른 살, 서울에 올라와 처음 구한 집은 내 몸 하나만 겨우 누일 자리가 있는 고시원이었다. 그곳에서 1년을 살았다. 두 번째 집은 그 고시원에서 채 50미터도 떨어져 있지 않은 빌라의 원룸이었다. 집이라기보다는 회사에서 가장 가까운 숙소 같은 곳이었다. 그곳에서 2년을 살았다.

그렇게 서울살이 3년 차가 됐을 때, 겨우 집다운 집을 전세로 구했다. 그럴싸한 15층의 오피스텔이었다. 이제 진짜 집에서 살게 된 것 같은 기분이었다. 마지막 잔금을 치르는 날, 부동산에 관한 지식이 없던 자식을 위해 엄마가 서울까지 올라왔다.

이삿짐은 내일 들어오지만, 엄마와 나는 잔금을 치르고 계약한 날은 새집에서 자야 한다며 햇볕 가릴 커튼도 없고 푹신한 이불도 제대로 없는 그곳에서 하룻밤을 잤다. 잠자리는 편하지 않았지만, 마음만큼은 편안했던 곳이다.

엄마와 함께 청소도구 몇 개를 산 후 집에 올라가 청소를 하기 시작했다. 빗자루로 바닥을 쓸고, 걸레로 닦고, 창문을 닦고, 짐을 정리했다. 오피스텔이라고 해 봤자 실평수 10평 정도의 공간이라 청소는 두 시간도 채 걸리지 않았다.

하지만, 그것도 기분이라고 엄마와 나는 '역시 이삿날은 중국집이야'라며 짜장면 두 그릇을 시켜 먹었다. 물론 군만두도 잊지 않았다. 짜장면에 군만두는 이사하는 날 먹는 게

제맛이라는 말처럼 참 맛있게도 먹었다. 엄마도 '이 집 음식이 참 맛있네'라면서 앞으로 여기서 자주 시켜 먹으면 되겠다고 한술 더했다.

아직 짐도 제대로 풀리지 않은 공간이었지만, 처음으로 내가 사람처럼 살 곳을 구했다는 생각이 들었고, 창밖에 남산이 보이니 '이제 진짜 서울 사람이 됐구나' 싶었다.

그렇게 엄마와 나는 창문에 커튼도 있지 않아 햇볕이 다 들어오는 창가 옆에 누워 잠이 들었다. 가볍게 들고 온 이불밖에 없어서 바닥도 편하지 않고 베개도 없었지만 참 행복한 날이었다. 이상하게도 살면서 가장 행복한 날 중에 하루로 꼽히는 이날, 엄마와 난 참 평온하게 바닥에 누워 이런저런 이야기를 했다.

"엄마, 앞으로 나는 밀리언셀러 작가가 되어 많은 사람에게 내 이야기를 들려줄 거야. 여기에서 창가의 햇살을 맞으면서 일하면, 일이 참 잘될 거 같아."

내가 그렇게 말하면 엄마는 '그래, 우리 아들은 잘할 수 있을 거야'라며 마치 어미 새가 새끼 새한테 고개를 끄덕여주듯이 내 말을 들어줬다.

엄마에게 약속한 것처럼 그 집에 살며 밀리언셀러는 출간하지 못했지만, 그래도 그곳에 살며 세 권의 책을 집필했다.

그러다, 진짜 내 집은 아니지만 내 집 같았던 곳이 4년째 되는 날 팔렸다. 뭔가 가슴이 '쿵' 하고 내려앉는 기분이었다. 내 따뜻한 추억들까지 함께 팔린 기분이었다.

우리 엄마는 이런 사람이었습니다

✦

✦

✦

우리 엄마는 고등학교 때 과외 한번 안 하고도 전교 1, 2등을 다퉜고 오로지 공부밖에 안 하는 공붓벌레였다. 대학에 가고 싶었지만 밑으로 동생이 네 명이나 있어 부모님께서 진학을 반대하여 포기할 수밖에 없었다.

그럼에도 불구하고, 고등학교 졸업 후 농협에 은행원으로 취업해서 첫 월급날 가족 모두를 중국집에 불러 짜장면 파티를 해 주고 부모님에게 근사한 옷도 사주는 사람이었다.

우리 엄마는 이런 사람이었다.

결혼 후 성격이 잘 맞지 않았던 아버지와 엄마는 자주 싸웠다. 더 이상 참을 수 없었던 어느 날, 엄마는 집을 나가 친정집에 갔지만 자식들 걱정에 하룻밤도 견디지 못하고 집으로 돌아왔다. 우리 엄마는 이런 사람이었다.

우리 집은 아버지의 전근과 이직으로, 조금이라도 집안의 재산을 늘리기 위해 서울, 부산, 울산, 창원, 대구 등에 살며 이사를 30번 이상 다녔다. 택시 기사라는 직업을 가진 아버지의 적은 월급에 어울리지 않게 수없이 많이 이사한 덕분에, 우리 가정은 그래도 남들처럼 살 수 있게 됐다. 그걸 다 해낸 사람 또한 엄마였다. 우리 엄마는 이런 사람이었다.

내가 초등학교에 다닐 때 엄마는 다른 엄마들보다 이뻤다. 우리 학급에서 가장 이쁜 엄마라고 하면 늘 우리 엄마가 그 자리에 있었다. 하지만 너무 고단한 세월의 바람은 우리 엄마를 평범한 아줌마로 만들었다. 그래도 웃는 모습이 예쁜 사람이 우리 엄마였다. 우리 엄마는 이런 사람이었다.

젊은 시절에는 친구들이 많았지만 아버지가 실직하신 후 가정 형편이 어려워지자 자존심이 강했던 엄마는 친구들과의 왕래를 끊었다. 자신에게는 옷 한 벌도 아까워했지만, 자식에게는 기죽지 말라며 늘 충분한 용돈을 줬다. 우리 엄마는 이런 사람이었다.

아버지와 결혼하기 전에는 직장 생활을 하며 여행을 많이 다녔지만, 결혼 후 해외여행은커녕 제주도 여행도 못 다녀본 사람이 우리 엄마이다. 그런데도 하소연 한번 하지 않은 사람이 우리 엄마이다. 우리 엄마는 이런 사람이었다.

생각해 보면 우리 엄마는 참 착한 사람이었다. 늘 누군가에게 피해를 주지 않으려고 노력하는 양심적인 사람이었다. TV에서 심수봉의 '비나리', '백만 송이 장미' 같은 옛 가요

만 들어도 눈물 흘리던, 마음 약한 사람이었다. 우리 엄마
는 이런 사람이었다.

우리 엄마는 이렇게 살면 안 되는 사람이었다.

우리 엄마는
이런 사람이었다.

우리 엄마는,
이렇게 살면
안 되는 사람이었다.

나 대신 아파주는 마음

✦

✦

✦

게임에 빠져 살던 20대 중반의 어느 날, 그날도 여자친구와
친한 지인과 함께 피시방에서 게임을 하고 있었다. 함께 게
임을 즐기는 클럽의 정모가 있는 날이어서 이동하려고 밖
으로 나왔는데 마침 하늘에서 소나기가 쏟아졌다.

아주 가까운 거리였지만 우리는 택시를 타기로 했다. 혹시
나 비를 맞을까 봐 다들 급하게 택시를 탔고, 나 또한 고개
를 숙인 채 서둘러 택시의 뒷좌석에 들어갔다. 카카오T 같

은 앱 자체가 없던 2000년대 중반이었기에 나는 기사님께 위치를 직접 말씀드리려고 했다. 그 순간, 기사님의 한마디에 차 안의 공기가 멈추는 듯한 기분이 들었다.

"손님, 어디 가십니까?"

아버지였다. 목소리만 들어도 알 수밖에 없는 내 가족인 아버지의 목소리였다. 잠깐 놀란 사이 말을 꺼내지 못한 상황에 옆에 있던 일행이 도착지를 말해 줬고, 그렇게 내 가족과 친한 지인들의 불편한 드라이브가 시작됐다. 기본요금만 낼 정도로 가까운 거리였지만, 그 거리는 너무나도 멀게만 느껴졌다. 나도 모르게 아버지의 한 평도 안 되는 일터에 불쑥 들어와 버렸고, 갑작스레 벌어진 상황에서 나는 아버지를 아는 척할 수 없었다.

내 나이 중학교 2학년 때부터 집안의 생계를 책임지기 위해 택시 운전을 시작했던 아버지. 간혹 우산을 챙기지 못한 자녀들을 위해 같은 학급 친구들의 부모님께서는 차를 끌고 와 학교 앞 교문에서 기다리시곤 했지만, 나는 혹여나 눈치 없는 아버지가 나를 기다리시면 어쩌나 매번 걱정했다.

하지만, 먹고살기가 바빴던 아버지는 단 한 번도 나를 데리러 온 적이 없었다. 남들은 부모님이 데리러 오는 친구를 부러워한다지만, 나는 단 한 번도 그런 친구를 보고 아버지가 데리러 오기를 바라본 적이 없었다. 오히려 내 친구들이 내 아버지의 직업을 알게 되면 어떡하나 하는 걱정뿐이었다. 중학교, 고등학교 때까지 아버지의 직업란에는 자영업이라고 적혀 있었으니까 말이다.

중학교와 고등학교를 졸업하고 대학에 진학한 뒤에는 아버지의 직업을 물어보는 학교 선생님도, 친구도 거의 없었기에 그런 콤플렉스에서 벗어나, 가까운 몇몇 친구들에게는 아버지의 직업을 알려주곤 했다.

10대의 어린 나에게는 상처가 되는 직업이었지만, 20대의 나에게는 더 이상 아버지의 직업이 문제가 되지는 않았다. 그럼에도 불구하고, 주변 사람들에게 변호사, 의사, 교수처럼 자랑스럽게 얘기할 직업은 아니라고 생각했기에 아직 여자친구와 지인에게는 말하지 못했는데 마침 그 타이밍에 함께 택시를 탄 것이었다.

5분도 채 안 되는 시간 동안 수없이 고민했다.

'지금 택시 기사님이 내 아버지라고 이야기해야 하는 걸까? 그렇게 되면 아버지는 나를 반가워할까? 그럼 내 여자친구와 아는 지인은 이 상황에서 당황하지 않고 반갑게 아버지와 이야기 나눌 수 있을까?'

타이밍을 놓친 말은 힘을 잃듯, 택시에 탑승한 후 아버지인 걸 알았을 때 아는 척하지 못했던 내게 그런 질문은 의미가 없었다.

택시에서 내린 뒤 술집에 들어가 마신 소주 한잔은 그날따라 너무 썼다. 도저히 못 마실 거 같아, 몸이 안 좋다고 말한 뒤 비 오는 거리를 뚫고 집까지 걸어갔다. 택시를 타야 했지만, 택시 자체를 타고 싶지 않았다. 아니, 나는 택시 탈 자격이 없는 거 같았다. 걸어가는 내내 아버지를 아는 척하지 못한 나 자신을, 더 정확하게는 아버지의 직업인 택시 기사보다도 못한, 게임밖에 하는 게 없던 내 인생이 창피해졌다.

내가 인생을 정말 열심히 살기 시작한 건 그 이후였던 걸로 기억한다. 집에 도착한 후 엄마에게 이야기했더니, 아버지가 상처받으실 거라며 오늘의 일을 아버지에게 이야기하지 말라고 했다. 그렇게 시간이 훌쩍 흐르고 말았다.

어느새 마흔이 넘는 나이가 됐고 집 근처를 아버지와 함께 산책하고 있었다. 15년이나 지난 일이었기에, 그날 일에 대해 죄송하다고 말씀드리고 싶어서 말을 꺼냈다.

그런데, 아버지는 이미 알고 계셨다. 아버지는 중, 고등학생의 내가 상처받은 걸 알고 계셨고, 20대의 내가 택시에 탔던 것도 알고 계셨다.

"어떻게 자기 자식이 뒷좌석에 탔는데, 어떤 부모가 못 알아보겠냐? 네가 아버지 직업을 부끄러워하는 것도 알고 있었고, 네가 아는 척하고 싶지 않았던 거 같아서 아버지는 가만히 있었다."

아버지의 말에, 내 자존심과 상처를 보호하기 위해 가장 소중한 가족에게 상처를 준 건 아닌가 하는 후회가 들었다.

어쩌면 철이 덜 든 10대, 20대의 나를 위해, 어른이라는 이유로 아버지가 대신 상처를 받아 주신 건 아닐까? 그 상처는 청소년이나 어른이나 똑같이 아플 텐데 말이다.

사치 부릴 수 없었던 인생

✢

✢

✢

아버지는 어린 시절부터 나에게 자랑스러운 사람이 되라고 자주 말씀하셨다. 어린 시절부터 공부를 못했고, 운동도 잘하지 못했던 나에게 해 주는 응원이었으면 좋겠지만, 그것보다 아버지는 누군가에게 진심으로 자랑하고 싶은 아들이 있었으면 하셨던 거 같다.

그런 자식이 좋은 외국계 기업에 취업하자마자 돈도 잘 못버는 작가라는 직업으로 전향했을 때 얼마나 많은 실망을 하셨을지 모르겠다. 그러다 걱정만 많이 끼치던 자녀가 베스트셀러 작가가 되고, 전라남도 전체 인구보다 많은 구독자 수를 가진 유튜버가 됐을 때 얼마나 기뻐하셨을까.

아버지에게 해 드렸던 것 중 가장 잘한 것은 아버지의 고등학교 동창 네 명, 두 쌍의 부부에게 서울에서 가장 비싸고 좋은 호텔에서 어르신들이 좋아하는 뷔페를 사면서 아버지가 자랑할 시간을 만들어드린 거였다. 자식 자랑을 너무나도 좋아하는 아버지임을 알기에, 어느 날 아버지의 행복을 조금이라도 채워드리고 싶어 만든 이벤트였다.

우리 아버지는 호텔에서도 역시 아버지다웠다. 각자 자기의 음식을 가져와야 하는 뷔페에서 아버지의 쟁반은 마치 한식, 중식, 일식, 양식, 디저트까지 다 함께 통일을 한 모습이었다. 잡채와 갈비 위에 피자와 닭고기, 그 옆에 회와 초밥, 그 위를 덮은 오렌지와 수박까지.

함께 식사하는 사람들의 입맛을 떨어뜨릴 수도 있고, 교양이 없다고 여겨질 수도 있는 모습이었다. 나도 모르게 아버지에게 핀잔을 드렸다.

"아니, 음식에도 순서가 있는데 호텔 뷔페를 이렇게 가져오는 사람이 어딨어요."

70대인 아버지 또래는 다 그렇다고? 아니다, 그 자리에 오신 아버지의 동창들은 40대인 나보다도 더 깔끔하게 음식을 가져오셨다. 그냥 아버지와 그분들이 살아온 세월이 달랐을 뿐이다.

택시 기사를 하며 오후 두 시부터 새벽 다섯 시까지, 식사 시간을 제외하고 하루 열다섯 시간을 운전만 하는 삶을 한평생 살아오신 아버지는, 식사 시간마저 줄이려고 하셨을 것이다. 그래서 저렴하지만 배부르게 먹을 수 있는 기사식당에서마저 시간에 쫓기며 끼니를 때우셨을 것이다.

그 시간에도 일해야 우리 가족에게 생활비를 줄 수 있는 삶을 사셨으니까. 아버지는 식사에 순서가 없는 인생을 사셨다. 순서 따위를 생각하고 밥을 먹기에는 하루하루 일당을 벌어야 했던 법인 회사의 택시 기사였기에 그런 사치를 부릴 수 없었다. 문제는 그런 삶을 너무 오래 살았다는 것이다.

아버지에게 교양이 부족한 것이 아니었다. 아버지의 인생에 대한 내 이해와 존중이 부족했다. 자식으로서 오늘 또 나는 자격 미달이었다.

모임이 끝나고 집에 가니 아버지 친구들에게서 메시지가 와 있었다.

'좋은 분위기에서 귀한 대접을 받아 참 자랑스럽고 고마웠네. 정진해서 더 큰 성공을 기원하네.'

'오늘 초대해 줘서 너무나 고마웠고 즐거운 시간이었네. 아

빠와 좋은 밤 보내게.'

식사 내내 말이 없던 아버지는, 그날 밤 서울 집에서 자기
전 내게 한마디를 하셨다.

"아버지가 오늘은 우리 도윤이 덕분에 참 기분이 좋았다.
네가 참 고마운 일을 했다."

아버지에게 교양이
부족한 것이 아니었다.

아버지의 인생에 대한
내 이해와 존중이
부족했을 뿐이었다.

아버지가 전하고 싶은 마지막 말

⊹

⊹

⊹

내겐 아들이 한 명 있다. 많다면 많은 나이지만 여전히 걱정되는 나의 자식. 내겐 앞으로 살아갈 날이 살아온 날보다도 훨씬 적게 남았다. 어느 날 내가 갑작스레 가버리면 어찌할까 걱정이 됐다. 그래서 살아갈 날이 살아온 날보다 많을 아들을 향한 내 진심이 아직 늦지 않았기를 바라며, 전해보고자 한다.

하고 싶었던 일과 하고 있는 일이 일치하는 삶이 얼마나 있을까? 내 아들아, 나는 그리 살지 못했음을 고백한다. 그 고백에 하찮은 이유를 달진 않겠다. 다만 아들아, 아직 많은 것을 바꿀 수 있는 너는 꿈과 닮아 있길 소망한다. 누구나 자신이 하고 싶은 일을 할 수는 없지만, 누구나 자신이 가진 직업에 소명 의식을 가질 수는 있다. 그리고 소명 의식은 내가 해온 일을 하고 싶었던 일로 끌어 올릴 수 있음을 나는 내 삶을 통해 경험했다.

택시 운전, 나의 업은 이것이다. 우리 사회에서 이 업의 가치는 낮은 평가를 받는다. 나 역시 그 평가에 비추어 내 삶을 낮추어 본 적이 있었다. 하지만 27년을 한 평 남짓한 운전석에 앉은 채 생활하며 이 업에 대한 내 생각은 조금씩 변했다. 10년쯤 지났을 때, 나는 느꼈다.

'내가 앉은 이 운전석이 내 가족을 먹여 살렸구나, 남편으로서, 아비로서 그래도 부끄럽지 않을 자격을 이 운전석이 내게 줬구나.'

그리 마음을 먹고 나니 운전이 고마워졌다. 덩달아 내 뒷좌석을 거쳐 간 수많은 사람이 고마워졌다. 안전함으로, 조금 더 편안함으로 그들에게 보답하고 싶어졌다. 어느새 운전만 했던 내가 승객들을 위해 약간의 마음, 약간의 미소, 약간의 배려를 주려 노력하기 시작했다.

승객들의 얼굴을 마주하고 나니 이번엔 주변 경치가 보이기 시작했다. 하는 일은 같았으나 그 일을 대하는 내 태도의 변화가 마음의 여유를 만들기 시작했다. 그렇게 봄, 여름, 가을, 겨울의 경치를 만끽하며, 내게 이런 풍경을 선물해 준 택시를 좋아하기 시작했다. 그렇게 27년이란 세월이 흘러 있었다. 그리고 느꼈다. 시작과 달리 놀랍도록 변한 나 자신을, 내가 어느덧 이 직업을 사랑하고 있음을 말이다.

아들아, 직업란을 적어 가야 한다는 어린 너의 말에, 나의 직업이 부끄러워 "왜 학교는 쓸데없는 걸 알아 오라고 하냐"며 화를 냈던 내가, 이제는 누구보다 이 직업을 사랑하게 됐단다.

내 아들아, 지금 너의 일이 네가 좋아하는 일이라는 사실이
나는 무척 자랑스럽단다. 하지만 그 일에도 힘듦은 있을 것
이고, 그 일이 싫어지는 순간도 있을 것이다. 그럴 때면 아비
의 이 말을 기억해 줬으면 한다. 싫어했던 내 일도 나의 태도
에 따라 사랑하는 일이 됐단다. 좋아하는 너의 일이 문득 싫
어지는 순간이 온다면, 그 일로 인해 도움받는 수많은 사람
을 생각해 보렴. 그들에게 좋은 영향을 줄 수 있는 너의 일을
그렇게 다시 사랑해 보렴.

아들을 향한 나의 말을 여기서 끝내고자 한다. 온전하진 않
아도 이 정도면 더할 나위 없을 만큼 내 마음을 다 전한 거
같기에, 그래서 마지막은 나에 대한 당부를 전하고 싶다. 어
찌 됐든 나 역시도 아직 살아가고 있으니 말이다.

일흔의 나이 동안 가족을 위해 살아온 아비의 무게, 그 무게
만큼 쉽지 않은 삶을 살아왔다. 얼마만큼 시간이 남았는지
는 알지 못한다. 허나 오늘도 운전하며 스스로에게 질문을

한다.

"계속 살아갈 만큼 내 남은 인생을 의미 있게 만드는 것은 무엇인가?"

승객은 도착지를 찾아 하나둘씩 떠나가지만, 내 질문에 정답은 없다. 그래도 질문을 시작했으니, 그 질문은 어느 거리, 어느 골목을 지나 어딘가에 도착은 할 것이다. 그때쯤 내 어깨는 조금 가벼워질까?

그리할 수 있기를 희망한다. 오늘따라 창문을 여니 시원한 바람이 분다.

거친 파도가 몰아치게 된 날

＋
＋
＋

나보다 다섯 살 많은 형은, 큰 키와 깔끔한 외모 덕분에 초등학교 시절부터 인기가 많아 매 학년 학급 임원을 했다. 게다가 어릴 때부터 똑똑해서 똑같이 피아노나 그림을 배워도 나보다 몇 배의 능력을 발휘했고, 중학교 2학년이 됐을 때는 반에서 1등을 하기도 했다. 고등학교에 올라가서는 성적이 약간 떨어졌지만, 수능에서는 상위 5%의 성적을 받고 국립대에 들어갔다.

그러나 대학에 가서는 1학년 내내 학사 경고를 받았다. 학사 경고를 한 번 더 받으면 제적이기에 형은 나름대로 학교에 적응하기 위해 도서관에 오래 붙어 있었고, 그 결과 국내 1위 대기업에 취업할 수 있었다.

엄마는 정말 기뻐했다. 잘하다가도 종종 사고를 치던 형의 취업은, 엄마에게 '이제 네 형 걱정은 그만해도 되겠구나'라는 안도였다. 그 시절의 엄마는 마음이 편안하고 여유 있어 보였다.

그러던 형은 회사를 오래 다니지 못하고 그만뒀다. 다른 중견기업에도 취업했지만 한 달도 안 돼서 그만두기를 반복했다. 형은 방 안에서 아주 오랫동안 침묵하며 사회와 단절된 생활을 했다. 무려 7년 동안이나. 때때로 형의 감정이 격해진 날은 집안에 파도가 몰아쳤다.

형의 추락은 엄마의 추락을 의미했다. 마음이 너무 아픈 엄마는 침대에 누워 혼자서 조용히 눈물을 흘렸다.

우리 집의 암흑기는 그렇게 시작됐다.

하얗게 변해버린 세상

⁺

⁺

⁺

형의 병은 점점 심해졌다. 단순한 우울증에서 시작한 병은 공황장애로 이어졌고, 치료가 어려운 조현병까지 겹치게 됐다. 곧이어 망상과 환청이 나타났다.

형은 누군가가 우리 가족을 감시하고 죽이려고 한다는 믿음으로 기이한 행동을 일삼았다. "위층에 사는 사람들이 우리를 도청하고 있다"는 말을 몇 번씩 반복했고, 때로는 '도윤아, 조심해라. 누군가 우리를 죽이려고 한다'고 문자를 보냈다. 모두가 형에게 수없이 상황을 설명하고 이해시키려 했지만, 이미 고장 난 마음에는 통하지 않았다.

그런 행동은 가족에게 그치지 않았다. 경찰서에 몇 번이나 찾아가 신고를 하고, 경찰과 함께 위층을 찾아간 적도 있었다. 그런 형과 함께 사는 것은 매 순간이 힘들었다. 결국, 우리 가족은 형을 대학 병원의 정신과 폐쇄병동에 입원시켰다.

폐쇄병동은 말 그대로 출입이 통제되고 제한 사항이 있는 곳이다. 자살 위험이 큰 환자들이 있기에 끈, 칼, 면도기 같은 물건의 소지는 당연히 금지다. 망상과 환각 증상으로 고통받는 환자들을 외부와 차단하기 위해 휴대폰 소지도 금지하고 공중전화만 일정 시간 쓰게 한다. 일부 폭력적인 환자들은 격리실에 가둬지거나 신체가 침대에 묶기기도 한다.

아직도 기억난다. 형이 있는 폐쇄병동에 갔을 때의 기분이. 의사들은 조금 지쳐 보였고, 그 안의 세상은 지나치게 하얗게 보였다. 어쩌면 정신병원에 가족이 있다는 사실 자체가 내 머리를 백지로 만들었는지도 모른다. 이해할 수 없었다. 어릴 적 내게 콤플렉스의 대상일 정도로 많은 재능을 타고 난 형이, 괜찮은 대학에 좋은 기업까지 다니면서 엄마의 기대를 한몸에 받던 형이 이렇게 됐다니….

그때 분명 알아야 했다. 내 상처의 크기만큼, 아니 그와는 비교조차 할 수 없는 상처를 엄마가 받았다는 것을. 하지만 알지 못했다. 알기 싫었는지도 모른다. 나 또한 힘겹게 앞길을 헤쳐 나가고 있어 엄마의 마음을 돌볼 여유가 없었다. 그럼에도 불구하고 난 알았어야 했다. 엄마의 마음도 같이 병들고 있었다는 것을.

결국, 형의 우울증은 엄마에게 전염됐다. 우울증은 전염병이 아니지만, 그 우울증 환자를 벗어날 수 없는 가까운 사람에게는 전염병보다 더 치명적인 병이었다. 그렇게 엄마는 대학 병원의 정신과에서 두 달 동안 치료를 받다가, 다시 중

견 병원에 입원했다가, 마지막으로 장기 입원이 가능한 집 근처의 정신과 전문 병원에 입원했다.

병명은 화병에 의한 불면증과 우울증이었다.

그 심정은 어땠을까

✦

✦

✦

형은 병이 유독 심해질 때면 폐쇄병동에 입원했다. 그러다 3일째가 되면 간호사의 허락을 받아 공중전화로 엄마에게 전화했다.

"엄마, 나 이곳에서 더 이상 못 있겠어. 여기 더 있다가는 미칠 거 같으니까 나가게 해 줘. 엄마, 제발 나가게 해 줘…."

이 말을 듣고 그냥 뿌리칠 수 있는 부모가 과연 몇이나 될까. 동생인 나는 입원한 김에 병이 나을 때까지 오래 있자고 했지만, 엄마는 자식의 병이 나을 수 있다는 불확실한 기대보다 자식이 그곳에서 고통스러운 시간을 보내고 있다는 확실한 사실을 견디지 못했다. 그래서 형은 입원과 퇴원을 자주 반복했다.

그러던 어느 날, 아버지에게서 연락이 왔다.

"도윤아, 형이 고속도로에서 자살을 시도했다. 생명에는 지장이 없으니 너무 걱정하지 말고 대구에 내려오렴."

다행히 형은 허벅지가 상당 부분 찢긴 것 말고는 멀쩡했다. 측면으로 부딪혀 크게 다치지 않았고 상대편 운전자도 무사했다. 내가 놀랐던 건 형의 사고 자체가 아니었다. 인간은 상상할 수 있는 일에는 별로 놀라지 않는다는 말처럼, 언젠가는 그러지 않겠냐는 생각이 있기 때문이었다. 내가 놀랐던 건, 바로 엄마의 행동 때문이었다.

평생 자식만을 위해 살았던 엄마가, 자식의 일이라면 모든 일을 제쳐두고 나섰던 엄마가, 형이 입원한 병원에 오지 않은 것이다. 그 당시, 엄마는 나갔다 들어오는 게 자유로운 병원에 입원해 있었는데도 말이다. 엄마에게 형의 사고를 어떻게 말해야 할까 굉장히 고심했던 내가 이상할 정도로, 엄마의 마음에는 동요가 없었다.

모든 것을 지켜보고 있던 이모는 내게 말했다.

"도윤아, 이모가 오늘 속상해서 술 한잔 먹었다. 도윤이도 안쓰럽고, 언니도 안쓰럽고, 정말 눈물이 난다. 자식이 다쳐 응급실에 있다는데 '안 간다'고 말한 그 심정이 어떻겠니."

그땐 왜 몰랐을까. 형의 우울증으로 인해 큰 상처를 받았지만 그래도 삶이 가능했던 나와 달리, 엄마는 이미 정상적인 삶이 불가능할 정도로 망가졌다는 것을. 형의 사고가 미동도 주지 못할 정도로, 엄마의 마음이 완전히 무너졌다는 것을 말이다.

그 후 엄마의 병세는 더욱 안 좋아졌다. 결국 엄마는 형이 입원했던 대학 병원의 정신과 폐쇄병동에 입원해야 했다. 엄마는 모든 것을 자포자기한 듯했다. 난 병실에 있는 내내, 눈물을 참을 수밖에 없었다. 여기서 내가 울면 엄마가 너무 비참할까 봐, 힘든 모습을 보여주지 않기 위해 최선을 다하는 수밖에 없었다.

늘 괜찮은 줄 알았습니다

어릴 적 아빠는 슈퍼맨인 줄 알았고, 엄마는 원더우먼인 줄 알았다. 용돈을 달라고 하면 돈이 없어서 안 주는 게 아니라 내 버릇이 나빠질까 봐 안 주는 줄 알았고, 아빠와 엄마는 진짜 어른이니까 무엇이든지 할 수 있는 사람인 줄 알았다.

하지만 크고 나서 알았다. 아빠도, 엄마도 연약한 한 사람이었을 뿐이고, 그들 또한 이번 생이 처음이라는 것을. 아빠도 아빠라는 역할이, 엄마도 엄마라는 역할이 처음이라는 것을.

우리 집에서는 나의 친형에게 힘든 일이 많았다면, 외가댁
에는 외삼촌에게 문제가 많았다. 엄마는 그런 외삼촌을 어
찌 못한 외할머니에게 잔인한 말을 했다고 한다.

"외삼촌이 사고를 쳤을 때 '엄마가 잘못 키워서 애를 망쳤
다'고 엄마가 외할머니께 모진 소리를 많이 했던 적이 있어.
근데 엄마도 자식을 키워보니 자식이 부모 뜻대로 되지 않
는다는 걸 이제 알겠구나. 엄마는 정성과 사랑으로 내 모든
것을 바쳐 두 아들을 금쪽같이 귀하게 키웠다고 생각했는
데, 지금 엄마가 느끼는 것은 실망과 허탈감, 원망뿐이구나.
심지어는 배신감까지 느낄 때가 있구나.

엄마에게 부족함이 많았나 봐. 자식에 대한 지나친 사랑과
욕심이 너희에게 오히려 해로움이 될 수도 있었나 봐. 누구
나 인생은 한 번뿐인데 어떻게 연습하고 살겠니. 아무런 연

습 없이 자식을 키우다 보니 엄마 욕심이 너무 지나쳤는지
도 모르지.

엄마가 늙어서 그런지 요즘은 허탈한 마음이 드는구나. 오
늘 너에게 푸념을 늘어놓았네. 우리 도윤이는 속이 깊으니
까 엄마의 허전한 마음을 잘 이해하리라 생각한다."

어느 날은, 엄마 마음은 평생 모를 거라고 말했다.

"도윤이는 남자니까 언젠가 아버지가 되겠지. 배가 아파 너
를 낳은 엄마가 될 순 없기에 평생 엄마 마음은 모를 거야."

엄마 미안해. 엄마도 이번 삶이 처음인 걸 몰랐어. 엄마는
내가 처음 만난 그 순간부터 어른이었으니까, 늘 괜찮은 줄
알았어.

엄마 미안해. 우리 가족이 너무 무거워서 미안해.

세상에서 가장 그리운 밥

병원에 입원했던 엄마가 잠시 한두 달 정도 퇴원한 적이 있었다. 퇴원 후, 엄마는 언제나처럼 내게 밥을 차려 줬다. 대단한 반찬이 있는 건 아니었다. 소고기뭇국에 멸치볶음, 김치, 그리고 보리밥. 국 한 가지에 반찬 두 가지, 밥 한 공기였을 뿐이지만 내겐 임금님 밥상보다 귀한 상이었다.

정말 먹고 싶었지만 1년 동안 먹지 못했던 엄마가 차려 준 밥이었기 때문이다. 어쩌면 다시는 못 먹을 거라고 생각했던 엄마가 차려 준 밥이었다. 세상에서 가장 맛있는 밥이었지만, 동시에 가장 슬픈 시간이기도 했다. 앞으로 다시 이 밥을 먹을 수 있을까, 내게 이런 기회가 또 있겠냐는 불안감이 들었다. 그래서 밥을 두 공기, 세 공기 먹었다.

먹어도 먹어도 허기가 채워지지 않았다. 알고 있었다. 내게 엄마가 차려 준 사랑이 가득한 식사를 할 기회가 몇 번 남지 않았다는 것을 말이다. 기억력이 좋던 엄마는 그때쯤, 우리 집 현관의 비밀번호를 잊어가고 있었다. 몇 번을 시도해도 안 열리는 문을 보며 엄마는 자신의 모습에 상처받기 시작했다.

그걸 보고 있는 나도 '아, 지금의 행복이 오래 가지 않겠구나'라는 생각을 했다. 엄마는 잠시 퇴원을 했지만, 점차 인지 능력과 기억력을 조금씩 잃어 갔다. 결국 엄마는 다시 병원으로 돌아가야만 했다.

열심히 살았던 덕분인지 여유가 생겨 지금의 나는 꽤 비싼 음식을 자주 먹는다. 유명한 호텔의 식사도, 도산대로의 비싼 식당 음식도 종종 먹는다. 하지만, 그 어디에서도 엄마의 맛은 맛볼 수가 없다. 내게 익숙한 그 맛, 내게 편안한 그 맛은 세상 어디에도 없다. 아무리 많은 돈으로도, 엄마가 차려 준, 엄마의 손길이 들어간, 엄마의 사랑이 들어간 음식은 어디에서도 먹을 수가 없다.

집밥으로 유명한 식당을 찾아가도 진짜 집밥은 먹을 수가 없다. 살아생전에 단 한 번만이라도 더 엄마가 차려 준 밥을 먹을 수 있다면 얼마나 좋을까.

그 맛이, 그 순간이, 그 사랑이 너무 그립다.

그 맛이,

그 순간이,

그 사랑이 너무 그립다.

규모 5.8의 지진을 맞은 아기 엄마 이야기

'지진 났을 때 챙긴 기저귀'

기상청 관측 사상 역대 두 번째로 강한 규모의 지진이 포항에 온 적이 있어요. 수능조차 연기시킨 역사에 남을 지진이요. 그때 집에서 애한테 수유하고 있었는데 집이 흔들거리니까 울면서 애를 안고 뛰어나왔거든요.

전화는 계속 안 되고 제가 어딜 가야 하는지, 어떻게 해야 할지 모르겠더라고요. '어떻게 하면 살 수 있을까' 이 생각 밖에 안 들었죠.

정신 차리고 보니까 제가 챙겨 나온 게 아무것도 없고 진짜 애 외출 가방이랑 기저귀만 들고 나왔더라고요. 정말 애 거밖에 없더라고요. 정말 위급한 상황이 닥쳤을 때는 다 필요 없는 거죠. 내 새끼밖에 없는 거죠.

요즘 세상은 워낙 할 것도 많고 내가 너무 중요한 세상이잖아요. 저도 아기를 낳으면서 너무 힘들다는 생각도 들었지만, 그럼에도 불구하고 인생에서 진짜 한 번쯤은 이걸 겪어 보면 좋겠다는 생각이 들어요. 삶 자체가 엄청나게 흔들리면서 바뀌거든요. 세상을 보는 눈이 완전히 달라지기도 하고요.

제가 엄마가 되어 보니까 그냥 애가 건강하고 편하게 잘 살기만을 바라요. 나한테 뭐 해 줬으면 하는 거는 사실 우스갯소리잖아요. 정말 바라지 않게 돼요. 그렇게밖에 안 되더라고요.

사람이 할 수 있는 역할 중에서 제일 큰 게 부모가 되는 게 아닌가 싶어요. 생명을 책임진다는 건 정말 엄청난 일이거든요. 왜냐하면 아기한테는 제가 우주니까요. 그건 진짜 대단한 일 같아요.

3장.

만약 오늘 밤 당신이 떠난다면

"사랑하는 사람과

몇 분이라도 더

시간을 보내고 싶습니다."

한 가닥의 희망을 잡다

✛

✛

✛

우울증이 심한 엄마는 폐쇄병동 밖으로 나오려는 생각도, 이 병이 나을 수 있다는 생각이나 낫겠다는 의지도 없었다. 늘 병실에 누워 있던 엄마는 어느 순간 걷지도 못했다. 옆에 노약자를 위한 봉이 있어야만 잡고서 겨우 걸었고 화장실에 가기조차 힘들어했다.

그러다 진정제를 맞으면 30분 만에 온 병실과 화장실을 걸어 다녔다. 걷지도 못하던 엄마가 걸었다는 기쁨보다, 주사

한 방에 온종일 누워만 있던 엄마가 걸어 다니는 현실이 더 무서웠다. 동시에 이런 생각이 들었다.

'엄마가 몸이 아픈 건 아니구나. 마음이 너무 아파서 삶에 대한 의지가 없으니 바깥세상을 경험시켜 드려 빨리 나을 수 있게 도와야겠다.'

엄마는 외출을 싫어했지만, 담당 의사는 삶에 대한 의지를 살리기 위해 외출을 적극 권했고 나 또한 같은 마음이기에 엄마와 함께 밖으로 나가기로 했다.

짧은 외출을 위한 퇴원 전, 의사가 나와 아버지에게 한 가지 주의를 줬다. '그런 일은 없겠지만 어머니께서 자살을 시도하실 수도 있으니 옆에서 잘 간호하시길 바랍니다.' 그러나 우리 중에 그 말을 주의 깊게 듣는 사람은 없었다. 엄마는 어릴 적부터 작은 것에도 놀라고 무서워할 정도로 심장이 작고 마음이 너무 여린 사람이었으니까. 그럴 일은 전혀 없다며 웃으면서 의사를 나무랄 정도였다.

그렇게 엄마와 1박 2일을 함께했다. 집에 돌아온 엄마는 힘들어하고 입에 맞는 음식도 없어 했지만, 나는 마냥 기뻤다. 엄마가 좋아질 날이 금세 올 것만 같았다. 함께 시간을 보내며 엄마의 몸에는 문제가 없다는 것을 확인한 나는, 다시 일하기 위해 서울로 올라갈 준비를 했다.

바깥세상을 경험한 엄마는 병원으로 돌아간 뒤, 내가 떠나려고 하자 날 붙잡고 가지 말라고 했다. 처음이었다. 늘 병원에 오면 얼른 가라고 말하던 엄마가 내게 가지 말라고 했던 것이. 그 말은, 엄마를 두고 병실 밖을 나설 수밖에 없다는 슬픔과 엄마가 드디어 삶에 대한 의지를 가졌다는 희망을 함께 줬다.

엄마의 말 때문에 평소보다 더 오래 병원에 머물렀지만, 폐쇄병동 특성상 오랜 시간 환자 옆에 있을 수 없기에 의사의

지시로 엄마 곁을 떠날 수밖에 없었다. 그래도 조금은 나아졌겠지라는 희망으로, 씁쓸하지만 평소보다는 기쁜 마음으로 병실을 나섰다.

오해와 오해가 만든 날

살면서 종종 우리는 오해를 한다. 어떤 오해는 하나의 해프닝으로 끝나지만, 어떤 오해는 삶에 커다란 멍을 남긴다. 그리고 아주 가끔이지만, 어떤 오해는 삶의 한 부분을 도려내듯 가져가 버린다. 하필 그날은 내 삶에서 많은 오해가 겹친 날이었다.

첫 번째 오해는, 한 사람의 의지를 잘못 해석한 것으로 시작됐다. 집에 가고 싶다는 말 한마디를 잘못 해석했을 뿐이었다. 짧은 외박을 마치고 병실에 돌아와 하룻밤을 보낸 엄마가 아버지에게 건넨 그 한마디.

"여보, 나 집에 가고 싶어."

살고자 하는 의지가 있기 때문이라고 생각했다. 아버지 역시 그랬을 것이다. 어두운 병원에서의 삶보다 그래도 안락한 당신 집에서의 삶을 원한다는 거니까. 제법 들뜬 목소리로 퇴원 수속을 밟는 아버지의 음성을 듣고, 나 역시 엄마의 퇴원이 우리 가족이 정상으로 돌아가기 위해 내딛는 첫걸음이라 생각했다.

두 번째 오해는, 말에 실린 감정을 들으려 하지 않아 생겨났다. 나는 기쁜 마음에 한강까지 가서 조깅을 하고, 제법 괜찮다는 평을 듣던 영화도 봤다. 하루가 편안했다. 그리고 이 편안함은, 새벽 한 시의 고요함을 깨고 울리는 전화벨 소리에 완전히 부서져 버렸다. 아버지였다.

"네 엄마가, 네 엄마가…."

본능적으로 느꼈다. 사실, 돌이켜 보면 이 한마디에 모든 것을 알아 버렸다. 아버지가 내게 한 번도 보인 적 없는 어떠한 감정이 섞여 있었기에. 그런데도 외면했다. 보고 싶은 것만 보려고 하는 이기적인 본능이 그 느낌을 부정했다.

"엄마가 왜요? 다시 병원에 가야 해요?"

일어날 수 있는 최악의 일이 이 정도이길 바라는 마음으로 물었다.

"엄마가 떨어졌다…. 우리 집 베란다에서 떨어졌다…. 네가 대구로 와야 할 것 같다."

그 말만 남기고 전화는 끊겼다. 이때 이미 확신이 들었다. 하지만 아버지가 가장 중요한 내용을 말하지 않았고, 나는 아직 듣지 않았기에 또 오해했다. 아니, 오해하고자 했다.

'많이 다친 정도겠지, 병원에 가면 되겠지. 우리 집은 6층인데 거기서는 사람이 떨어져도 크게 잘못되긴 힘들잖아.'

이런 생각들로 머릿속을 가득 채우려 했지만 그걸 비웃기라도 하는 듯 내 눈은 이미 눈물로 가득 차 앞이 보이지 않았다. 다시 전화를 걸어 내 인생에서 가장 힘든 질문을 던졌다.

"많이 다치신 거죠? 많이 다쳐서 그러시는 거죠? 엄마, 살아는 있는 거죠…?"

잔인한 질문은, 그것보다 더 잔인한 대답으로 돌아왔다.

"네 엄마…. 돌아가셨다. 뭐가 그리 아팠는지 우리 집 베란다에서 뛰어내렸다."

엄마가 직접 뛰어내렸다는 얘기도, 그런 엄마가 죽었단 얘기도 모두 이해되지 않았다. 받아들일 수 없었다. 일어나선 안 됐다. 눈물이 넘쳤지만 이 눈물은 거짓이어야만 했다.

그런 내가 서울에서 대구까지 네 시간이나 걸리는 거리를 맨정신으로 갈 수 있을 리가 만무했다. 눈물이 앞을 가려 도저히 운전할 수 없을 거 같아 그런 감정에는 들을 수도 없을 신나는 음악을 틀고 운전대를 잡았다. 음주 운전하는 미친 사람처럼 보였으리라. 반은 틀렸고 반은 맞았다. 술은 먹지 않았지만 미친 사람은 맞았으니까. 그렇게 운전해서 달려간 나는, 엄마가 늘 있던 병원 3층이 아닌 병원 지하의 차가운 방에서 엄마를 마주했다.

영안실에서 마주한 엄마는 평상시와 다르지 않았다. 늘 입던 반소매 티셔츠, 체육복 바지. 유일하게 다른 것이 있다면, 수다 떨기 좋아했던 당신이 그날따라 아무런 말이 없다는 것이었다. '도윤아 왔니'라는 첫인사도, '밥은 먹었어?'란

안부도, '우리 도윤이 장가 가야지'란 잔소리도 없었다. 아무 말도 없는 엄마만 그곳에 있었다.

내가 저지른 지독히도 후회스러운 세 번째 오해는, 손끝으로 전한 엄마의 마지막 외침을 이해하지 못한 데서 비롯됐다. 병실에서 처음으로 엄마가 날 붙잡던 날, 나는 그 순간이 엄마와 마지막으로 함께 말을 나눌 순간임을 알지 못했다.

엄마는 알고 있었을 것이다. 아들을 마지막으로 볼 수 있는 시간이 지금뿐이란 것을. 그래서 붙잡았을 것이다. 그러나, 그걸 알지 못한 나는 그 손끝을 외면했다.

그렇게 수많은 오해가, 내게서 엄마를 빼앗아 갔다. 엄마의 말을, 엄마의 체온을, 엄마의 숨결을 빼앗아 갔다. 이날은 엄마를 마지막으로 본 날이자, 내게 엄마가 없는 첫 번째 날이 됐다.

내게 왜 전화하지 않았을까

엄마는 날 반겨 주지 않았다. 엄마가 있는 병원에 갈 때면 서울에서 대구까지 서너 시간이 걸렸음에도 불구하고 5분만 있어도 이제 그만 가라고 얘기했다. '네가 지금 할 게 많은데 여기 와서 어떡할 거냐고, 빨리 서울로 돌아가라'고 이야기했다. 엄마는 이제 혼자 있고 싶으니까 가라고 했다.

엄마는 내 전화를 잘 받아 주지 않았다. 내가 이틀에 한 번씩 전화를 걸어도 '엄마 밥 먹어야 한다, 엄마 자고 싶다'며 전화를 끊기 일쑤였다. 병원에 들어간 이후, 엄마는 내게 먼저 연락을 잘하지 않았다.

엄마는 마지막 순간까지 날 생각하지 않았다. 내게 전화하지 않았다. 마지막 가는 길까지 어떻게 나한테 전화 한 통을 안 할 수 있는지 몰라 상처를 받았다.

그런 엄마가 살아생전 의사 선생님과 간담을 할 때면, 가장 보고 싶은 사람을 묻는 문답지에 늘 '우리 둘째 아들'이라고 적어 냈다. 우리 둘째 아들 도윤이라고.

엄마는 내가 병원에 가면 더 오래 함께하고 싶었다. 자식의 얼굴이 어떻게 변했는지 보고 싶었다. 엄마는 내가 전화하면 나와 계속 통화를 하고 싶었다. 내가 살아가는 이야기를, 자식의 목소리를 듣고 싶었다. 엄마는 생을 떠나는 날, 마지막 그 순간까지 날 생각했다. 내가 보고 싶었고, 내 목소리가 듣고 싶었다.

엄마는, 자신의 존재가 내게 방해가 된다고 생각하자, 엄마와 자식으로 이어진 천륜의 끈을 과감히 끊어 버렸다. 내가 아무리 어려운 상황이 되어도, 그 누구도 도와주지 못할 상황이어도 마지막까지 포기하지 않고 바보같이 그 끈을 잡아 주는 사람일 엄마는, 자신이 그런 순간이 되자 스스로 그 끈을 끊어 버렸다.

엄마는 내게 그 끈을 잡을 기회조차 주지 않았다. 내가 잡은 끈은 여전히 허공에 휘날리고 있을 뿐이었다.

마지막 그 순간까지도

손님들이 다 떠난 장례식의 두 번째 날. 아버지께서는 우리를 모아 놓고 엄마의 유언을 말씀해 주셨다. 엄마의 유언이 유서로 남아 있거나 한 건 아니었다. 그저 떠나기 몇 달 전부터 아버지에게 딱 한 가지를 부탁했다고 한다.

엄마 명의로 되어 있는 우리 가족이 살고 있는 고향집의 상속을 아버지가 아닌 형과 나의 명의로 상속했으면 좋겠다고.

영정 사진 속의 엄마를 보며 한숨이 터져 나왔다. 지독한 외사랑에 숨이 막혀왔다. 어떻게 떠나는 그 순간까지 자식 걱정만 했던 걸까.

엄마에게는 살아생전에 본인만의 시간도 없었다. 내가 태어났을 때는 재우고, 젖을 주고, 잠에서 깨면 다시 재우고, 초등학교에 입학했을 때는 점심 도시락을 싸주고 집안 청소를 하고 나면 하교한 우리와 함께 숙제를 하고, 중고등학교에 들어갔을 때는 우리가 일어나는 기상 시간보다 한 시간이나 일찍 일어나 도시락을 싸주고, 대학에 갔을 때는 매번 술을 마시고 돌아온 나의 해장을 위해 북엇국을 끓여 주기 바빴다.

장례식장에는 엄마의 손님도 없었다. 가족의 연장선이라고 할 수 있는 친척을 제외하곤 엄마의 친구, 언니, 동생은 없었다. 엄마의 장례식인데 가족을 제외하곤 엄마를 추억할 사람이 거의 없다니. 정말 지독하게도 엄마를 찾는 사람이 없었다. 우리 가족만을 위한 삶을 산 한 여자의 마지막 자리였다.

손님이 썰물처럼 나간 텅 빈 장례식장에서 엄마의 영정 사진을 보며 참 여러 생각이 들었다. 도대체 이 사람 속에는 무엇이 있었던 걸까. 아무리 사람이 빈손으로 세상을 떠난다지만, 이건 정말이지 너무 빈손이 아닌가.

엄마는 살아생전에도, 떠나기 직전에도 오로지 자식 생각뿐이었다. 그게 너무 죄송해서, 미안해서, 답답해서 화가 났다. 엄마 인생에 엄마 자신은 없었다. 오로지 '엄마'만 있을 뿐이었다. 엄마 자신의 시간도 없었다. 오로지 '엄마로서의 시간'만 있을 뿐이었다.

상속에 관한 조금은 웃긴 내용을 이야기하자면 엄마는 겁이 났다고 한다. 혹시라도 아버지가 재혼할까 봐, 더 정확하게는 그리 많지 않은 재산이지만 아버지와 재혼할 새엄마가 재산 대부분을 가져갈까 봐, 그래서 우리가 가져갈 것이 없어질까 봐 걱정했단다.

끝까지 우리 엄마 조용순다운 유언이었다.

엄마의 인생에
자기 자신은 없었다.
오로지 '엄마'만 있었다.

엄마의 인생에
자신을 위한 시간은 없었다.
'엄마로서의 시간'만 있었다.

처음이라 알지 못했던 것

장례식이 끝나갈 때쯤, 고인을 관에 모시는 입관을 한다. 입
관 전에는 염습이라는 고인을 닦고 수의를 입히는 장례 절
차를 밟는다. 장례를 담당하는 선생님 두 분이 탈지면이나
거즈 같은 것으로 엄마의 얼굴과 온몸을 깨끗하게 닦았다.
그런 다음, 죽은 사람이 입는 옷인 수의를 입히고 얼굴에
화장을 했다.

수의를 다 입은 엄마의 주변을 돌면서 엄마가 관에 들어가

기 전 마지막 인사를 나눴다. 엄마의 다리를 쓰다듬고, 손을 만지고, 얼굴을 매만지며 엄마와 인사를 했다. 보통 이때가 유가족들의 통곡 소리가 가장 많이 들리는 순간이기도 하다.

시간이 지나고 나니, 그 순간이 가장 후회스럽다. 엄마는 평소에 잘 하지도 않던 진한 화장을 하고, 평소에 입지도 않던 수의를 입었다. 그 모습은 갑갑하고 불편해 보였다. 누구나 살면서 상주가 되는 날은 많지 않듯, 나 또한 처음 해 본 상주 역할에 정신이 없었고 그런 탓에 제대로 된 선택을 하지 못했다.

장례식장에서 구매하는 수의는 가장 저렴한 것이 40만 원에서 비싼 것은 100만 원을 훌쩍 넘는다. 수의 가격 때문에 후회한 것은 아니다. 땅에 묻히는 고인의 옷은 어차피 재가 될 텐데 수십만 원짜리 수의를 입는 것이 맞는 건가라는 생각 때문이 아니었다. 그냥 엄마가 생전에 늘 있었던 모습으로, 가장 편안했던 모습으로 마지막 길을 떠나는 게 가장 행복할 것 같기 때문이었다. 수의를 입지 않고 엄마가 평소 좋아했던 옷을 입고 관에 있었다면 마음이 더 편했을 것이다.

그것이 엄마도 원하는 거였을 테다. 하지만 엄마도, 나도, 죽음은 처음이었다. 그래서 몰랐다.

한 대학의 의대 교수는 죽은 자의 옷에 대해 이렇게 말했다.

"오늘날의 망자가 과연 생전 한 번도 입지 않은 수백 년 전의 낯선 의상을 입고 의례를 치러야 하는지 생각해 볼 일입니다. 평소 입었던 면 옷을 입으면 이질감도 없고 자연 친화적이죠."

장례 전문가는 평소에 입던 옷으로 입관하면 옷이 꽉 끼기 때문에 시신이 자주 움직이게 되고 체액이 흘러나오게 되는 등 좋지 않은 영향을 끼칠지도 모른다고 말한다. 마지막

가는 길에 좋지 않은 모습을 보일 수도 있기에 생전에 입던 옷을 추천하지 않는다고 하는 것이다.

하지만, 그게 중요한가? 가장 중요한 것은 고인과 고인의 가족일 뿐이다. 평소에 입지 않던 옷을 입으면 그날 하루는 모든 것이 어색하듯, 떠날 때도 평생 살아왔던 모습으로 떠나는 게 훨씬 좋지 않을까.

안 그래도 초행길인 엄마의 머나먼 길이 힘들지 않았을지 걱정된다. 삼베에 항균, 항독성이 있어 벌레를 막아주고 체액이 잘 배출되어 육탈이 잘 되면 무엇 하는가. 어차피 육체에는 엄마가 남아 있지 않은데 말이다. 남아 있는 엄마의 마음이라도 편했으면 좋았을 텐데 그게 가장 아쉽다.

남아 있는 마지막 목소리

⊹

⊹

⊹

장례 절차를 마친 이후, 대구에 있는 동안 엄마에 대한 세상의 정리는 모두 내 손으로 하고 싶었다. 한편, 엄마가 있던 대구에 계속 있을 자신이 없어서 빨리 정리하고 서울로 올라가고 싶기도 했다.

생전 처음 해 봐서 굉장히 복잡할 것만 같았던 사망 신고 절차는 의외로 너무 간단했다. 경찰서에서 받은 사망 진단서와 시체 검안서를 가지고 동사무소를 방문해 사망 신고 절차를 마치니, 엄마는 은행의 자금이 이체되듯 서류상으로 세상에서 영영 사라져 버렸다. 내 마음에서는 평생 엄마를 지울 자신이 없는데, 세상에서는 엄마를 지워버리는데 하루도, 아니 단 한 시간도 걸리지 않았다.

몸은 몸대로, 마음은 마음대로 지친 나는 엄마의 짐과 다른 것들을 정리한 후 서울로 올라왔다. 서울로 올라오니, 예전처럼 엄마는 대구에 있고 나는 서울에 있어서 서로 만나지 못하는 것 같아 마음이 조금 진정됐다. 서울과 대구의 거리만큼 멀어서 만나지 못할 뿐, 전화기가 잘 안 터져서 목소리를 듣지 못할 뿐이라며 자기 암시적인 위로를 하면서 나 자신을 달랠 뿐이었다.

집에 혼자 있다가 문득 생각이 났다. 언젠가 엄마와 통화하다가 우연히 엄마의 목소리를 녹음한 적이 있었다는 걸. 부리나케 휴대폰을 뒤져 보니, 그곳에 살아생전의 엄마가 있었다. 통화했던 시절은 엄마가 병원에 입원해 있을 때였다.

"도윤아, 오늘은 날씨가 흐려서 마음이 너무 아프다. 너희들에게 한창 도움이 필요한 시기인데, 내가 병원에서 이러고 있으니까 엄마가 미안해서 마음이 너무 아파.

엄마가 아프니까 어떻게 할 방법도 없고 어떡하면 좋을까, 진짜 큰일이다. 오늘도 링거와 신경 안정제를 맞았는데 마음이 너무 아프다. 도윤이는 엄마가 어찌 되든 열심히 잘 살아라, 알겠지?"

어떻게 엄마의 마지막으로 남아 있는 목소리마저도 자식한테 '미안하다'였을까. 어떤 마음을 가져야 그런 말을 할 수 있는 걸까. 엄마란 사람은 도대체 어떤 존재이기에 그런 말을 해서 지금의 내 마음을 손쓸 틈 없이 무너지게 만드는 걸까.

준비할 틈 없이 엄마의 목소리를 들은 나는 눈물을 뒤집어쓴 채 혼자서 외쳐야만 했다.

'엄마, 그렇게 말하고 가면 어떡해. 지금 엄마가 없는 상황에서 이 말을 들은 내 마음은 어떻게 하라고. 그런 상황에서조차 내게 미안하게 만들어서 미안해. 나라는 존재 자체가 미안해. 엄마, 너무 미안해. 미안해. 미안해….'

어쩌면 엄마가 병원에 입원했을 때부터 나는 알고 있었을지도 모른다. 엄마가 언젠가 내 옆을 떠날 수도 있다는 것을. 이렇게 빨리 떠날지는 몰랐지만, 엄마가 내 곁에서 사라지는 순간이 멀지 않았다는 것을.

나의 그런 마음 덕분에 엄마의 목소리를 구해낼 수 있었지만, 내 마음은 구해낼 수 없었다. 그래도 엄마의 생전 목소리를 언제나 다시 들을 수 있는 거치곤 그 대가는 충분히 지불할 만한 가치가 있는 일이었다.

어쩌면 나는

알고 있었을지도 모른다.

언젠가 엄마가

내 옆을 떠날 수도 있다는 것을.

다시 들을 수 없는 잔소리

"너무 앞에서 TV 보지 마라."

"숙제는 다 하고 게임을 하는 거니?"

"밥 다 차렸으니까 나와서 밥 먹어라."

"도로에서 운전 조심하렴."

"술 좀 그만 먹으렴."

어느 집에서나 들릴 법한, 과거에도, 지금도, 그리고 앞으로
도 엄마가 있는 집에서는 숱하게 들을 수밖에 없는 엄마의

잔소리.

나는 왜 그때마다 짜증을 냈을까. 다 날 위해서 해 준 말인데 왜 나는 그때마다 귀찮음을 표현했을까.

살면서 내게 가장 많은 잔소리를 하는 사람은 엄마였다. 그 점은 우리 모두에게 동일할 것이다. 잔소리란 '필요 이상으로 듣기 싫게 꾸짖거나 참견함'을 말하지만, 부모란 자식에게 필요 이상의 존재이기에 어쩔 수 없이 어느 정도는 들을 수밖에 없는 것이 엄마의 잔소리다.

일찍 엄마를 떠나보낸 친구는 내게 이런 이야기를 했다.

"엄마가 이거 해 놨다 먹어라 하면 '나는 그런 거 안 먹어' 하고 문 닫아 버렸지. 그러면 엄마는 내 방문을 열고 책상 위에 올려놓고 나갔다. 지금은 아무리 먹어도 그 맛이 안 나더라. 엄마의 잔소리가 이제는 그리움으로 남더라. 엄마 손도 그립고, 날 바라보던 눈빛도 잊을 수가 없다. 두 번 다시 볼 수가 없네."

그 당시에는 잔소리지만 지나고 나면 그리운 목소리, 누구나 다 하나씩 가지고 있는 그런 이야기가, 엄마의 목소리가 듣고 싶을 때는 더 그립다.

살아보니, 엄마와 자식의 관계만큼 불공정하고 불공평한 게 없다. 엄마는 우리에게 늘 이야기했다.

"공부 좀 열심히 해라."
"성실하게 살아라."
"술 적당히 마셔라."
"좋은 사람 만나라."

잔소리라 생각했다. 생각해 보면 그 잔소리에 엄마의 이득은 단 하나도 없었다. 그저 나를 위한 소리뿐이었다.

나 또한 엄마에게 늘 이야기했다.

"엄마, 밥 차려 줘."
"엄마, 용돈 좀 올려 줘."
"엄마, 간식 좀 줘."
"엄마, 숙제 좀 도와줘."

내 이야기에는 늘 나만 있었다.

우리는 종종 내가 싫어하는 걸 엄마가 왜 시키는지 모르겠
다고 불평한다. 하지만 반대로 우리가 엄마에게 부탁했던
일은 엄마가 정말 하고 싶었던 일일까? 어느 하나라도 엄마
에게 이득 되는 것이 있었을까?

직권 남용이다. 우리는 우리가 해야 하는 일은 하지 않으면
서, 엄마가 해야 하는 일은 늘 바라만 왔다. 세상에 이런 불
공평한 관계가 없다. 엄마가 하라는 것들, 그게 뭐라고 힘들

어했을까.

오늘따라 엄마의 잔소리가 그립다.

엄마는 늘 내게 이야기했다.
잔소리에 엄마의 이득은 없었다.
그저 나를 위한 소리뿐이었다.

나 또한 엄마에게 늘 이야기했다.
내 이야기엔 온통 나만 있었다.

영원히 준비할 수 없는 일

+

+

+

장례식을 치른 후 멀리까지 찾아와 주신 친지, 지인분들에게 한분 한분 전화를 드리고 문자를 보냈다. 나를 찾아와 주신 분들이기 전에, 엄마의 마지막 순간에 찾아오신 분들이기에 최소한의 예의를 갖추고 싶었기 때문이다.

그리고 엄마의 사랑이 얼마나 컸는지 조문객분들에게 알려 주고 싶었다. 가족만을 위해 살다 보니, 제대로 된 친구 하나 없던 엄마였기에 그분들 중에서 우리 엄마 조용순이 어떤 사람인지 알고 있는 사람은 거의 없었다. 그래서 내가 우리 엄마의 사랑이 얼마나 대단했는지 말하고 싶었다. 꼭 그래야만 할 것 같았다.

이번 어머님의 장례식에, 바쁘신 가운데도 왕림해 주시고 따뜻한 조문과 부의를 베풀어 주신 데 대해 가족을 대표해 깊은 감사의 인사를 드립니다. 덕분에 무사히 장례를 치를 수 있었고, 슬픔에 찬 저희 가족에게 큰 힘이 됐습니다. 조문객분들도 많이 놀라셨겠지만, 저희 또한 준비되지 않은 어머님의 죽음이었고, 받아들일 수 없는 헤어짐이었습니다. 설사 준비가 됐다고 하더라도, 준비할 수 없는 이별이었습니다.

고인이 되신 제 어머님은 스물다섯에 결혼하신 후, 40년 동안 늘 가족만을 위한 삶을 사셨습니다. 그 누구에게도 단돈 십 원 한 장 빌리지 않으셨고, 비행기를 단 한 번도 타지 않으실 정도로 알뜰한 삶을 사셨지만, 저와 형, 두 자식을 위해서는 그 어떠한 돈도 아끼지 않으셨습니다.

그런 어머니셔서 너무나 감사하지만, 동시에 너무나 마음이 아프기도 합니다. 조금은 더 어머니를 위한 옷에, 조금은 더 어머니를 위한 음식에, 조금은 더 어머니를 위한 여행에 아끼지 않으셨으면 어떨까 하는 마음이 듭니다. 어머니는 자식에게 있으셔서 끝까지 이기적인 분이셨습니다. 돌아가시기 직전까지 자식 걱정을 하시고, 자식을 위한 준비를 하시고, 저희가 받은 그 많은 사랑의 일부라도 돌려드릴 준비도, 시간도 허락해 주지 않으셨습니다.

살다 보면 예상할 수 없는 일이 생기고, 누군가의 죽음 또한 갑작스럽게 찾아온다고 하지만, 단 한 번도 누군가에게 피해를 주지 않으시고, 오로지 가족만을 위한 삶을 사셨던 어머니를 왜 이렇게 일찍 데려갔는지 이해할 수 없고, 이해할 수 없고 이해할 수 없으나 '힘드셨던 어머니께서 이제는 조금 편안해지셨겠지'라는 생각 하나로 그 모든 이해할 수 없는 상황을 받아들이고자 합니다.

제게 있어서, 제 가족에게 있어서 가장 소중한 존재이자, 단 하나밖에 없는 분의 마지막을 함께 해 주셔서 정말 감사드립니다. 보내 주신 은혜는 평생에 걸쳐서 조금씩 갚아가도록 하겠습니다.

어머니의 막내아들 김도윤 배상.

모든 것이 끝났지만 아무것도 끝나지 않은 것 같은, 가슴 한편이 비어 있는 이 느낌. 아마도 평생 안고 살아가야 하겠지만, 그래도 열심히 살아가야 한다.

살아서도 죽어서도 내 편인 엄마에게 부끄럽지 않게.

다시 만나고 싶지 않은 마음

엄마의 장례식을 치르고 약 한 달쯤 지나 처음으로 술을 마셨다. 그날따라 술을 마시지 않고 긴 밤을 보낼 자신이 없어 친한 친구 한 명에게 연락했다. 우리는 그렇게 마포구에 있는 한 선술집에서 만나 사케를 마시기 시작했다.

얼마 전 엄마를 떠나보낸 나도, 그 마음을 짐작조차 할 수 없는 친구도 묵묵히 술잔만을 나누기 시작했다. 대화가 굳이 필요한 자리가 아니었다. 갑작스럽게 불렀음에도 불구하고 나와서 술을 마시고 있는 친구는 그 행동으로 위로를, 다른 말을 할 수 없는 나도 그 친구에 대한 감사함을 침묵으로 나누고 있었다.

침묵 덕분에 처음 시킨 사케 한 병은 금방 동이 나 버렸고, 따뜻하게 데운 두 번째 사케가 반쯤 비워지고 분위기가 무르익어 갈 때쯤 내가 말을 꺼냈다.

"예전에는 내가 꼭 엄마의, 엄마나 아빠로 태어나고 싶었다? 너도 알겠지만 엄마라는 존재가 우리에게 주는 사랑은 지나치도록 일방적이잖아. 그런 엄마의 사랑을 내가 이번 생에서는 다 갚을 수가 없어서, 다음 생애라도 다시 만나서 그 이상의 일방적인 사랑을 엄마에게 줄 수 있는 그런 사람이 되고 싶었어. 너도 그렇게 생각하지 않니?"

"맞아…. 부모님의 사랑은 너무 대단해서 그렇게라도 갚아 주고 싶은 마음이 늘 들지. 그건, 아마 자식들 대부분이 같은 마음일 거야."

"그런데 말이야, 난 이제 어떻게든 엄마를 만나고 싶지 않더라…."

"왜?"

"엄마가 너무 보고 싶은데, 엄마를 다시 만나면 엄마가 우리 가족을 다시 만나게 될까 봐, 다시 오랜 세월 동안 마음 아파하실까 봐. 그래서 엄마가 보고 싶지만, 다시 만나고 싶지 않아. 아니, 다시 만나지 않아야 해. 그냥 보고 싶은 이 마음을 내 마음속에 꾹꾹 눌러 놓고 그렇게 살아갈래. 그럼, 엄마가 조금은 더 행복하게 살지도 모르잖아.

혹시나 다음 생애에 태어나 언제, 어디선가 마주치더라도, 너무 아프지만 그냥 모른 채 지나갈 수 있는 사람이 되고 싶어. 엄마같이 마음 따뜻한 사람이 우리 집에 와서 너무 고생을 많이 했거든."

술에 취해서일까. 누군가에게도 해 본 적 없는, 내 마음속
에서조차 생각해 본 적도 없는, 날카로운 칼로 내 마음을
도려내는 말이 흘러나왔다. 어떤 약으로도 그 상처를 덮을
수 없을 거 같은 이 말에 술에 취한 친구는 눈물을 터뜨렸
고, 나도 말없이 눈물을 흘리고 있었다.

비어 있는 술잔을 채우며 나는 연거푸 마시기 시작했다. 허
기진 배를 채우듯, 채워도 채워도 채워지지 않는 내 마음의
빈 공간에 술을 붓기 시작했다. 그 속도를 따라잡을 수 없
는 술잔은 계속해서 비어 있었고, 내 마음은 점차 허해졌
다. 그 무엇으로도 채울 수 없는 너무 큰 구멍이 난 것처럼.

다행히 한 가지 위안이 됐던 것은, 나를 위해 울어줄 사람
이 있다는 것과 그 사람이 바로 내 앞에 앉아 있었다는 사
실이었다. 엄마의 부재는 그 무엇으로도 대체할 수 없는 자

리이지만, 친구의 존재는 아주 잠시나마 내게 쉼터 같은 시간이 되어 줬다.

누구나 혼자서는 견디기 힘든 시간이 있다. 인생의 굴레는 때때로 너무 잔인해 그 속에 가시덩굴을 넣은 채 우리를 함께 굴려 버리기 때문이다. 가시덩굴에 너무 많이 찔려 피투성이가 됐을 땐 지나가는 사람이라도 붙잡고 힘들다는 이야기를 해야 한다. 그 말이 잔인할지라도 이왕이면 내 마음을 있는 그대로 드러내는 것이 좋다. 그렇지 않으면 날카로운 칼이 내 마음을 도려내는 것이 아니라, 날 도려낼지도 모르니까.

가장 사랑하는 존재를 바라볼 때

⊹

⊹

⊹

가을 햇살이 기분 좋은 어느 날이었다. 눈가를 따스하게 만들어 주는 햇살을 맞으며 엄마와 함께 걸으면서 이야기 나누고 싶었던 나는, 엄마에게 미술관 전시회 구경이 어떤지 물어봤다. 자식과 함께하는 시간을 좋아하는 엄마는 흔쾌히 좋다고 했고, 우리는 가까운 미술관에 도착했다.

그날따라 웬일인지 엄마는 다리가 아프다며 내게 업어 줄수 없겠냐고 물었다. 엄마를 업고 전시회를 보는 게 조금은 창피한 마음도 있었지만, 평생 그런 말을 하지 않던 엄마였기에 그 말을 거절하고 싶지 않았다.

엄마를 등에 업었는데 생각보다 너무 가벼워 하나도 힘든 줄 몰랐다. 그 무게는 엄마가 참 많이 늙었다는 것을 내 몸으로 느낄 정도였다.

마침 들고 온 짐이 많아 엄마를 등에 업은 상태에서 함께 전시회를 보려고 하니 힘든 부분이 있어 미술관 사물함에 짐을 넣기로 했다. 엄마를 잠시 벤치에 내려놓고, 사물함에 짐을 넣을 동안 지갑과 휴대폰이 있는 내 가방을 봐 달라고 말했다.

처음 이용해 보는 사물함의 사용법에 익숙하지 않아 당황하며 머뭇거리는 동안 엄마를 한번 쳐다봤다. 그런데 엄마는 내 짐은 옆에 둔 채 웃으면서 나만 보고 있었다. 나는 내 가방을 좀 봐 달라고 엄마에게 손짓과 눈짓을 보냈다. 그럼에도 불구하고, 엄마는 여전히 인자한 모습으로 나만을 바라보고 있었다.

한 5분쯤 지났을까, 사물함을 겨우 열어 짐을 넣고 엄마가 있는 곳을 향해 뒤돌아섰을 때 결국 문제가 터져 버렸다는 것을 알았다. 내 지갑이 들어 있는 가방을 누군가 가져가 버린 것이다. 답답한 마음에 엄마에게 화를 냈다.

"왜 제 가방을 안 보셨어요?"

크게 화낸 건 아니었지만 섭섭함을 느꼈는지 엄마는 눈물을 터뜨릴 거 같은 표정을 지었다. 엄마가 많이 약해졌다는 생각에 깜짝 놀랐지만, 엄마가 울려고 하는 모습이 싫어 왜 또 울려고 하냐며 화를 냈다.

갑자기 엄마 눈에서 피눈물이 흐르기 시작했다. 그때 모든 것을 알았다.

이미 엄마가 세상을 떠났다는 것을….

엄마는 더 이상 눈물을 흘릴 수 없는 사람이었다. 이미 세상을 떠난 지 한참이나 지났는데, 꿈이라 그런지 내가 자각을 못 하고 있던 거였다. 엄마의 무게가 왜 그렇게 가볍게 느껴졌는지, 엄마가 왜 나만을 계속 보고 있었는지, 왜 피눈물을 흘렸는지 알게 된 그 순간, 모든 사실을 깨달으며 엄마 앞에서 미안하다며 온몸으로 오열했다.

그 오열이 너무 격렬해 잠에서 깨어났지만 꿈속의 눈물은 현실에서도 이어져 그대로 내 눈가를 적시고 있었다. 살아 생전에도 자식만을 위해 산 엄마가, 꿈에 나와서조차 나만 보고 있었다는 사실을, 또다시 뒤늦게 깨달았다는 사실에 누군가 내 심장을 쥐어짜고 있는 것처럼 아팠다.

꿈에서 깨기 전 마지막 엄마의 표정이 생각난다. 말하지 않아도 알 수 있는 엄마의 인자한 표정, 세상에서 가장 사랑하는 존재를 바라보는 표정으로 엄마는 말하고 있었다.

"엄마는 괜찮아."

살아생전에도

나만을 위해 산 엄마는,

꿈에 나와서조차

나만 보고 있었다.

왜 지금에서야 알게 된 걸까

+

+

+

고향인 대구에서 대학 강연을 마치고 집에 돌아와 혼자 밥을 먹는데 문득 우리 집 의자가 보였다. 놀랍게도 의자는 네 개가 아닌 세 개였다. 이상했다. 분명 우리 집은 네 식구인데 의자가 세 개밖에 없다는 사실이. 엄마가 이제 없다고 설마 의자를 치웠나 싶었다.

'설마 세 개를 사진 않았겠지'라고 생각했지만, 생각해 보면 의자는 어느 순간부터 늘 세 개뿐이었다. 그 시간이 너무

오래되어 '왜 의자가 세 개밖에 없지'라는 생각을 못 할 정
도로 옛날부터. 그 의문에 의자를 찾아보니 다용도실 안쪽
구석에서 항아리의 받침대로 사용되고 있었다. 혼자 밥을
먹으며 우리 가족의 식사 자리를 생각해 봤다.

그러고 보니 우리 가족은 집에서 네 명이 함께 밥을 먹은
적이 거의 없었다. 먹성 좋은 남자 세 명의 밥과 요리, 된장
찌개를 만들어 식탁으로 날라야 하는 건 늘 엄마의 몫이었
다. 그러다가 한두 명의 식사가 끝날 때쯤 엄마는 남은 반
찬을 들고 와 남은 자리에서 식사를 했다. 그래서 우리 집
에 의자는 네 개가 필요하지 않았다.

아, 너무 늦게 알았다. 왜 지금에서야 알게 된 걸까.

우리 가족은 모두 갈치를 좋아한다. 하지만 갈치는 다소 가
격이 좀 있는 생선이다. 내가 알고 있는 엄마는 어릴 적부터
생선 껍질을 좋아했다. 껍질에 영양분이 많다며 늘 본인이

먹고 우리한테는 살을 발라 밥그릇에 놓아 줬다. 그러다 우리가 살을 발라 먹고 버린 갈치를 엄마는 다시 가져가서 남은 살을 먹었다. 왜 지금에서야 알게 된 걸까.

자주는 아니지만 가끔 옷을 사러 매장에 갔다. 하지만, 그 옷에 엄마의 몫은 없었다. 늘 형과 나의 옷뿐이었고, 가끔 아버지의 옷이 있었다. 엄마가 입는 옷을 늘 잘 기억하고 있다고 생각했지만, 생각해 보니 엄마에게 옷은 몇 벌 되지 않았다. 왜 지금에서야 알게 된 걸까.

우리 가족 모두에게는 방이 있었다. 아버지에겐 큰 방이, 형에겐 중간 방이, 내게는 작은 방이. 엄마는 어느 날은 큰 방에서, 어느 날은 내 방에서 잠을 잤다. 생각해 보니 엄마에게는 제대로 된 방이 없었다. 왜 지금에서야 알게 된 걸까.

엄마는 우리 가족을 위해서 너무나 많은 희생을 했다. 본인에게는 돈 한 푼 제대로 쓰지 못했다. 그 희생에 너무 긴

세월이 묻어서 우리 가족 모두, 엄마가 사라진 것을 알지 못
했다.

정작 이 모든 건 엄마가 사라진 다음에야 알 수 있었다. 너
무 늦게서야 알게 됐다. 왜 지금에서야 알게 된 걸까.

엄마의 희생에
너무 긴 세월이 묻어서

우리 가족 모두,
엄마가 사라진 것을
알지 못했다.

듣기만 해도 눈물 나는 단어

외부 강연을 마치고 집으로 돌아가는 길, 라디오에서 어느 딸과 엄마의 에피소드가 들린다. 집에 와서 드라마를 보니 엄마와 아들이 교육 문제로 싸우고 있다. 술자리에서 친구의 전화벨이 울린다. 전화기에는 '엄마'라고 적혀 있다.

하루 종일 일상생활을 하면서 엄마라는 단어는 그 어디에서도 피할 수가 없다. 내게 엄마라는 존재는 사라졌지만, 세상에는 엄마가 너무 많다. 건강한 마음으로 살다가도 아무 생각 없이 방심하고 있을 때 무심코 그 단어가 들려오면 무언가 가슴을 찌르고 들어온다. 심장이 철렁 내려앉는다.

왜 엄마라는 단어는 듣기만 해도 눈물이 맺히는 걸까. 엄마라는 존재는 우리에게 긍정적인 존재이지만, 지나친 긍정은 극으로 부정과 맞닿아 있는 걸까. 엄마라는 단어는 사랑인 동시에 슬픔이기도 하다. 그 무조건적인 희생에 아직 엄마가 살아 있는 사람들도 엄마 얘기를 하다 보면 자신도 모르게 눈물이 난다.

엄마는 자신의 모든 걸 희생했다. 자신의 몸을 소진하며 우리를 낳는 임신과 출산의 과정을 겪었다. 자신의 시간을 허비하며 우리의 학창 시절을 함께 보내 줬다. 자신이 먹을 것과 입을 것을 포기하며 아들, 딸의 교육에 돈을 보탰다. 자신의 미래를 포기하고 자식의 인생에 모든 자신의 미래를 걸었다. 냉정하게도 그 미래를 맡긴 자식이 자신만을 위해 살아가는 걸 알면서도 말이다.

자식이 잘되는 것이 엄마의 행복이라지만, 엄마는 너무 몸과 시간 모든 걸 쥐 가며 우리를 키웠다. 그러다 자기 이름마저 잃고 누구네 엄마로만 살아왔다.

자신이 아닌 자식만을 위해 산 엄마 삶의 무게는 얼마나 무거웠을까. 그래서 눈물이 난다. 내게 그렇게 해 줄 수 있는 사람이 엄마밖에 없다는 것을 아니까, 나는 엄마에게 그렇게 할 수 없다는 걸 아니까 눈물이 난다. 그 미련한 무조건적인 희생에 미안해서 눈물이 난다.

부모가 되면 그 마음을 알 수 있는 걸까. 신경숙 작가의『어디선가 나를 찾는 전화벨이 울리고』책에는 엄마에 관한 문장이 있다. 엄마는 죽음을 겁내지 않았고, 죽음을 미안해했다는. 평생 자식을 위해 희생했지만 엄마는 마지막 가는 길 죽음조차 미안해했다. 자식을 사랑하는 마음이 너무 커서, 더 줄 수 없어 아쉬운 감정에 미안해했다.

때때로 사랑한다는 말로 다 담아내지 못한 마음은 미안하다는 말로 바뀌게 되나 보다. 얼마나 큰 사랑이 있어야 이런 마음이 드는지 알 수 없다. 엄마가 될 수 없는 나는 어쩌면 평생 그 마음을 이해할 수 없을지도 모른다.

평생

자식을 위해 희생했지만

엄마는

마지막 가는 길,

죽음조차 미안해했다.

늘 그 자리에 서 있던 사람

서울에 사는 내가 고향인 대구에 갈 때면 엄마는 늘 집에 언제쯤 도착하는지 물었다.

"오늘은 오후 다섯 시 반쯤에 도착해요."

그러면 엄마는 항상 우리 집 6층 베란다 창가에서 밖을 쳐다보고 있었다.

그렇게 창가에서 날 기다리다, 내 시야에서 우리 집이 보일 때, 엄마 시야에서 내가 보일 때 항상 손을 흔들며 나를 반겼다. 내가 대구에 며칠 머무르다 서울로 돌아갈 때면 역까지 배웅을 나왔다.

이제 길을 잃지도, 지하철 타는 방법을 모르지도 않는 서른 살이 훌쩍 넘은 어른이었는데, 여전히 엄마에게 나는 어린애이고 걱정스러웠나 보다. 사실 몇 분이라도 더 함께하고 싶은 마음이었을지도 모른다.

그런 엄마는 병원에 입원해 있을 때 내게 이런 말을 했다.

"우리 아들이 고향에 올 때 함께 밖에서 밥 먹고, 서울로 돌아갈 때 역까지 배웅해 줄 수 있어서 참 행복했는데, 앞으로 그럴 수 없을지도 모르겠네."

그 말을 들을 때 마음이 정말 아팠다. 엄마의 행복이 그리 큰 것이 아닌데 이 정도도 하늘이 허락해 주지 않는 건가 라는 생각이 들며 원망스러웠는데, 엄마 말대로 영원히 할 수 없는 일이 되어 버렸다.

이제 나는 고향에 잘 가지 않는다. 집 근처 역인 용산역에 내려서 걸어갈 때 우리 집 6층 창가가 보이는 순간, 가슴이 찡하게 아려 온다. 그곳은 엄마가 늘 날 기다리던 곳이기도 했지만, 이제는 엄마를 영영 볼 수 없는 곳이기도 하기에. 그 창가는 내게 반가움의 장소에서, 가슴 찢어지는 공간으로 바뀌었다.

그래서 이제 고향에 잘 가지 못한다. 집 가는 길인 그 길을 벗어날 수는 없기 때문이다. 엄마가 날 바라보던 곳인데, 이제 그곳은 바라볼 수 없는 곳이 되어 버렸다.

늘 그 자리에 서서 나를 기다리고, 나를 보냈던 엄마. 오래오래 함께 행복하게 살다가 다음 생애에는 내가 그 자리에

똑같이 서서 엄마의 모습을 지켜봐 주고 싶었는데, 이제는

그럴 자신이 없다.

밤늦게 택시 운전하는 70대 노인 이야기

'칠순 노인에게도 엄마는 엄마였다'

⁜

⁜

⁜

지금 제 나이가 칠십이 됐어도, 엄마 생각만 하면 못 해 드린 게 서러워서 아직도 생각이 나요. 슬프고 애틋한 마음이에요. 엄마가 치매라서 1년간 대소변을 받아 내다 돌아가셨거든요. 가는 날까지 고생만 하다 가셨어요.

저는 밖에 나가서 돈 벌어야 하니까 간병인을 불러 엄마 간병을 시켰지만 손수 못 해 드린 게 많아 마음속에 응어리가

지더라고요. 해 드린다고 했지만 못 해 드린 게 많아요. 그게 제일 마음이 아파요. 이제 더 이상 그런 기회가 저에게 없잖아요.

엄마한테는 자식이라는 존재가 전부였어요. 제가 뭐라고 있는 것 없는 것 다 먹이려 하시고 정말 잘해 주셨어요. 그런 엄마였기에 제게 있어서도 거의 전부였죠. 나를 이 세상에 태어나게 해 줬고, 엄마가 나를 전부라고 생각하고 살았으니까요. 그래서 엄마는 내 생각, 내 몸과 같아요.

만약 엄마와 마지막 5분의 시간이 주어진다면 '사랑해' 하고 엄마를 제 품에서 놓지 않을 거예요. 5분 동안 엄마를 꼭 안고 있고 싶어요. 놓치기 싫으니까요. 제 수중에 다이아몬드가 있다고 하면 그걸 잃어버릴까 봐 꼭 쥐고 있듯, 엄마는 제게 세상에서 가장 소중하잖아요. 그러니까 양팔로 꽉 껴안고 안 놓을 거예요.

시간이 지나면서 아빠는 아버지로 바뀌는데, 아무리 나이가 들어도 엄마는 엄마인 것 같아요. 항상 어머니라는 단어가 없었어요. 엄마는 나한테 영원히 엄마인 거죠.

4장.

인생이 내게 다시 기회를 준다면

미안해.

고마워.

사랑해.

이 세 마디 말밖에.

이렇게 좋을 줄 몰랐으면서

✢

✢

✢

이 책을 쓰면서 많은 사람에게 엄마에 관한 여러 가지 질문을 했다. 그중 한 가지는 '앞으로 엄마에게 무엇을 해 주고 싶나요?'였다.

질문의 답 대부분은 '특별한 게 아닐지언정 엄마와 함께 오래도록 시간을 보내고 싶고, 가능하다면 자주 여행을 같이 가고 싶다'였다.

나 또한 같은 마음이었다. 우리 가족에게 늘 말했었다.

"우리 가족 다 같이 가까이는 제주도, 멀리는 대만이라도 놀러 가지 않을래요? 제가 여행 계획 다 짜고, 경비도 낼게요."

지금이 아니면 언젠가 다 같이 여행을 떠나기는 힘들 것 같아 한 말이었다. 내가 서른이 넘은 어른이 된 이후, 우리 가족이 다 함께 어딘가를 간 적은 단 한 번도 없었다.

모든 것을 내가 다 책임지겠다고 했지만, 가족 중 그 누구도 여행을 가고 싶어 하지 않았다. 고기도 먹어본 놈이 고기 맛을 안다고, 부모님은 이미 20년 동안 삶에 치여 살다 보니 여유가 없어 여행을 가본 적조차 없었고, 그러다 보니 무언가를 하는 것 자체가 어색하고 귀찮은 일이 되어 버렸다. 그리고 형은 세상 밖으로 나오는 것을 귀찮아했다. 매번 말했지만, 매번 거절당했다.

그 후, 엄마가 세상을 떠났다. 아이러니하게도 그해 11월에 남은 가족과 함께 제주도 여행을 떠났다. 2박 3일 동안 제주 신라호텔에 묵으며 끼니마다 좋은 음식을 먹으며 좋은 곳을 보며 시간을 보냈다.

형과 아버지는 말했다.

"가족이 다 같이 여행을 오니까 참 좋구나."

그 순간 화가 치밀어 올라왔다. 참고 싶었고 참고 싶었지만, 참지 못했다.

"이렇게 좋은 줄도 모르면서 그냥 반대한 아버지와 형 때문에, 내게 다 같이 떠나는 가족 여행의 기회가 사라진 거라고요. 왜 좋은지 안 좋은지도 모르면서 그저 반대한 거예요!"

마음속에 있는 독한 말을 그냥 뱉어냈다. 내게 남은 가족과 함께 여행 온 것은 기쁨이기도 했지만 그만큼 쓸쓸함이기도 했다. 엄마의 부재를 계속해서 느껴야 하기 때문이었다.

많은 사람이 여행을 떠나는 시대이다. 늘 그럴 필요는 없지만, 그중에 한 번쯤은 가족과 여행하는 시간이 있었으면 한다. 언젠가 부모님과 같이 여행을 가고 싶다 하더라도, 그 언젠가는 살면서 다시 없을지도 모르니까. 아무리 시간을 돌리려고 애써도, 돌릴 수 없는 순간이 오니까. 가족과 여행을 떠나기에 가장 좋은 때는 언제나 지금뿐이다.

우리 가족은 제주도 여행을 잘 마치고 돌아왔다. 모두가 함께 간 여행은 아니었지만, 모두 함께 있었다고 생각한다. 분명 엄마는 우리 모습을 보면서 행복해했을 테니까.

그 '언젠가'는

살면서 다시 없을지도 모른다.

함께 여행을 떠나기에

가장 좋은 때는

언제나 지금뿐이다.

칭찬받을 곳이 없다

가장 많은 잔소리를 하는 사람은 엄마였지만, 동시에 가장 많은 칭찬을 하는 사람도 엄마였다. 나를 낳고 키웠으니까 그 시간만큼 내게 많은 말을 한 사람은 엄마일 수밖에 없고, 그중 내가 듣기 싫은 건 잔소리가 되고 듣고 싶은 건 칭찬이 됐다.

엄마가 떠나고 나서 가장 슬픈 것은 잔소리하는 사람이 없다기보다, 더 이상 내 자랑을 들어 줄 사람이, 나를 칭찬해 줄 첫 번째 사람이 없다는 것이었다. 우리는 위험한 일이나 깜짝 놀랄 일이 생길 때 "엄마야!" 하고 외친다. 그만큼 우리에게 무슨 일이 생겼을 때 가장 먼저 찾는 존재는 누구나 엄마일 수밖에 없다.

한번은 나라에서 대통령이 주는 큰 상인 '대한민국 인재상'을 받은 적이 있다. 나는 주최 측에서 선정됐다는 소식을 듣자마자 엄마에게 전화를 걸었다.

"엄마, 나 이번에 선정됐대요."

엄마는 눈물을 흘렸고, 자신의 일보다 더 크게 기뻐했다. 그 후로도 내 인생에서 크고 작은 일의 소식을 전하는 가장 첫 번째 순간엔 늘 엄마가 함께했다. 엄마는 나와 함께 기뻐하고, 함께 울며 마치 자신의 일처럼 그 순간의 감정을 공유했다.

엄마가 떠나고 난 뒤, 난 참 열심히도 살았다. 그 사이에 여러 권의 책을 출간했고, 수백 번의 강연을 했고, 유튜브에서 수많은 사람에게 많은 사랑을 받았다. 점차 내 커리어는 성장했고, 일이 능숙해짐에 따라 행복한 순간도 더 많아졌다.

동시에, 가장 기쁜 순간에는 늘 마음의 허함을 지울 수가 없었다. 두 번째 책이 출간됐을 때, 세 번째 책이 출간됐을 때, 지상파 방송에 나가게 됐을 때 지금의 내 벅찬 기쁨을 전할 곳이 없었다. 내 마음을 있는 그대로 받아 줄 곳이 없었다.

고백하자면, 그 순간만큼은 불행했다. 나는 점차 더 성장하고 있고 행복한 순간도 많아지고 있지만, 이걸 알아줄 사람이 없었다. 이걸 말해 줄 사람이 없었다.

'이제 내게 엄마는 정말 없구나.'

엄마의 부재를 마주해야 했다. 아무리 사랑하는 사람이 생긴다고 할지라도, 언제나 기쁜 소식을 첫 번째로 전하고 싶은 사람은 엄마인데, 난 그 첫 번째를 잃었다.

당신이 되어 그 마음을 알면 좋겠다

"엄마는 안 먹어?"

"응, 엄마는 괜찮아. 엄마는 배부르니까 우리 아들 많이 먹어."

그래 놓고 엄마는 항상 뒤에 남은 음식과 찬밥으로 식사를 했다.

"엄마는 옷 안 사?"

"응, 엄마는 괜찮아. 우리 아들 사고 싶은 옷 골랐어?"

그래 놓고 엄마는 늘 해진 옷을 입고 다녔다.

내가 아플 때면 엄마는 꼭 이런 말을 했다.

"엄마는 도윤이가 아프면 마음이 너무 아파. 차라리 엄마가 아픈 게 낫지, 뭐."

엄마가 몸이 아플 때 병원에 가자고 하면 꼭 이런 말을 했다.

"괜찮은데 자꾸 그러니, 너 일 바쁜데 신경 쓰지 말고 얼른 가. 엄마는 정말 괜찮아."

엄마를 하늘로 보내고 그동안 꿈에서 세 번쯤 만났는데, 내

꿈인데도 내가 정말 하고 싶은 말을 늘 하지 못했다. 매번 꿈에서 깨고 나면 '왜 그런 말을 했을까' 하며 후회를 안고 하루를 살아야 했다.

그러던 어느 날, 꿈에서 만난 엄마와 포옹하며 드디어 마음 속에 있는 말을 할 수 있었다.

"엄마, 보고 싶었어, 얼마나 보고 싶었다고. 엄마 미안해, 내가 정말 미안해…."

그렇게 말하며 엄마 앞에서 울었다.

그런 나를 보고 엄마가 눈물을 흘리며 말했다.

"엄마가 미안해."

날 쳐다보는 엄마의 얼굴을 잊을 수 없다. 나는 이제 꿈에서

조차 눈물을 흘릴 수가 없다. 내가 울면 엄마도 눈물을 흘린다. 이제 세상에 없는 엄마의 눈에서 눈물이 흐르는 것만은 참을 수가 없다.

'엄마 정말 괜찮은 거야? 괜찮지 않잖아. 괜히 괜찮은 척 그러지 마. 난 마음이 너무 아파서 전혀 안 괜찮단 말이야. 내가 엄마가 돼서 그 마음이 어떤 건지 좀 알았으면 좋겠어.'

괜찮다는 말이 괜찮지 않다는 말로 들리는 유일한 존재는 엄마일지도 모른다.

미안해 고마워 사랑해뿐

⊹

⊹

⊹

엄마의 산소가 있는 경북 의성에 다녀왔다. 엄마의 기일로
부터 정확히 1년이란 시간이 지난 날이었다.

서울에서 대구의 고향 집에 일찍 가서 하룻밤을 보내고 다
음 날 일찍 서둘러 집을 나섰다. 고속도로에 차를 올려 엄
마를 보러 가는 길의 하늘은 파랗고 구름 한 점 없었다.

내 삶은 상처가 너무 컸다. 김한길 작가의 『눈뜨면 없어라』

책에 보면 이런 내용이 나온다. 어떤 때의 시련은 큰 그릇을 만들기도 하지만 대개는 시련이란 보통의 그릇을 찌그러뜨리기 일쑤라는 것.

나는 이 말에 공감한다. 너무 큰 시련은 사람의 그릇을 깨뜨려 버린다. 내가 가는 길은 참 많이 미끄러웠다. 그래서 나는 많이 미끄러지고 넘어졌다.

그렇지만 그 길이 낭떠러지는 아니었다. 그때마다 엄마의 크나큰 사랑이 내 손을 잡아 줬기 때문이다. 그래서 엄마의 장례식 날, 영정 사진 앞에서 약속했다.

"엄마, 삶에서 무수히 많은 파도를 만났지만, 다행히 거기에 부서지지 않고 잘 살아온 인생이었어요. 건강하고 단단하고 무엇보다 행복하게 잘 살아갈게요. 저를 태어나게 해 주셔서, 36년 동안 저를 키워 주셔서 고마워요.

세상에서 나를 가장 사랑해 준 사람, 세상에서 내가 가장 사랑했던 사람, 엄마. 앞으로도 행복하게 잘 살아서 이야기보따리 많이 가져갈게요. 그때 봐요."

우리가 태어나서 처음으로 말하는 단어는 '엄마'이다. 그렇게 입에 달라붙은 엄마라는 단어는, 자식들이 나이가 들면서 '어머니'라 부르는 시점을 만나게 된다. 그때부터 자식들은 해 줄 수 있는 것이 더 많아진다.

엄마라 부를 시절에는 자식이 해 줄 수 있는 게 없다. 엄마일 때 우리는 오로지 받기만 한다. 그런데 엄마는 어머니라 부를 기회를 우리에게 잘 주지 않는다. 나의 엄마도 엄마인 채로 땅에 묻혀서 나를 기다리고 있다.

그런 엄마를 만나러 가기 전에는 하고 싶은 말이 참 많았는데 막상 엄마의 묘지 앞에 서니 할 말이 없었다. 내가 한 말은 이것뿐이었다.

"미안해, 고마워, 사랑해."

인생도 그렇게 살려고 한다. 미안할 일 덜 만들고, 고마운 만큼 나도 고마운 일 많이 하고, 더 많이 사랑하고. 인생, 살 아보면 사실 별거 없으니까.

미안할 일 덜 만들고,

고마운 일 많이 하고,

더 많이 사랑하려고 한다.

인생,

살아보면 사실

별거 없으니까.

그저 바라봐 줄 한 사람

사람 없이 지낼 수 없는 며칠이 평생 같았던 그 죽어 있는 시간 속에서 겨우 찾은 해결책은, 정신과와 비슷한 역할을 해 줄 심리 상담센터를 방문하는 것이었다. 찾아가 본 적은 없지만 심리 상담사를 만나야겠다고 결심했다.

사실 그 결심은 내가 한 것이 아니라 갈 수밖에 없는 상황이라는 점은 부정할 수 없었다. 여느 날처럼 강연을 마치고 집으로 돌아가는 길, 내 감정은 금방이라도 터질 것 같은 콜라처럼 폭주하기 시작했다. 이대로 있다가는 무언가 사고를 칠 거 같아, 의사인 친구와 심리 상담센터를 이용해 본 적이 있는 선배의 도움으로 심리 상담센터를 방문했다.

심리 상담센터는 생각보다 훨씬 깨끗했다. 강남구청역 근처에 있는 센터의 크지도 작지도 않은 방에서 상담사를 앞에 두고 내 인생 이야기가 시작됐다. 약 한 시간 동안, 상담사가 해 준 것은 정말이지 별거 없었다. 내 눈을 바라봐 주고, 내 이야기에 고개를 끄덕이거나 질문을 던져 주고, 내 감정에 공감해 주는 것. 누구라도 할 수 있는 아주 작은 일이었다.

그런데 내 눈에서는 말할 때마다 눈물이 터지기 시작했다. 그것도 생전 한 번도 마주친 적 없는 사람 앞에서 말이다. 누구에게도 속마음을 온전히 내비쳐 본 적이 없었기에, 들어주는 사람이 없는 가운데 곪아가고 있던 마음 깊은 곳에 햇볕이 비치기 시작했다. 햇볕에 이불을 널기만 해도 소독이 되듯, 내 마음을 바라봐 주는 사람이라는 햇볕이 내 눈에 눈물이 흐르게 해 줬고, 세상에 나 혼자가 아니라는 기분이 들게 해 줬다.

상담사가 해 준 것은 딱 하나뿐이었다. 억지로 내 마음의 어딘가를 치료해 주려 한 것이 아니라, 그냥 내 마음속 상처를 제대로 바라봐 준 것. 태양의 에너지를 제대로 받은 돋보기에 힘이 생기듯, 내 상처만을 오로지 바라봐 주는 한 사람 덕분에 내 마음에도 아주 조금씩 온기가 생겨났다.

상담사와의 만남 이후, 나는 스스로 한 가지 법칙을 정했다. 하루에 한 명씩 친한 지인들을 만나, 내 마음이 괜찮아질 때까지 마음 깊은 곳에 있어 꺼내기조차 힘들고 아픈 이야기를 하고, 그들에게 위로를 받겠다고.

약 한 달 동안 서른 명 정도의 지인을 만나 이야기했지만, 조금 놀란 사실은 아무런 친분조차 없는 그 상담사와의 시간만큼 도움이 되는 사람이 거의 없다는 것이었다. 아무리 생각해도 신기한 일이었다. 상담사가 최선을 다해 봤자, 그저 상담사와 환자로 만난 사이일 뿐이기에 한계가 있다고 생각했는데, 오히려 한계가 있는 건 내게 가까운 사람들이었다.

물론 나와 함께 시간을 보내 주는 마음은 감사했지만, 그 상담사처럼 내 상처만을 바라봐 주는 사람은 없었다. 내 사연을 이야기하면, 그중 일부는 자신에게 있었던 회사에서의 일이라든가, 애인 사이의 일, 가족과의 일을 꺼내면서 나도 그 마음 안다며 어쭙잖은 위로를 하기 일쑤였다.

나는 알게 됐다. 원래 인생은 다 힘든 거라며 네 힘듦은 별것 아니라고 하는 것도 말로 주는 굉장한 폭력이지만, 동시에 어쭙잖은 위로 또한 조심해야 한다는 것을. 비교조차 불가능한 절대적인 힘듦도 있기 때문이다. 위로란 쉽기도 하지만 때로는 참 어려운 일이라는 것을 그때 배웠다. 그저 힘들어하는 사람과 같은 표정을 지으며, 그 이야기를 들어주고 공감해 주는 것. 그 별것 아닌 상담사의 위로가 진짜 위로라는 것을 배우는 데 그리 오랜 시간이 걸리지 않았다.

혹시나 주변에 힘든 사람이 있다면 어설프게 내 힘듦을 꺼내지는 않으려고 한다. 굳이 위로해 주려 애쓸 필요 없이 그 사람의 상처를 바라만 봐 주는 것으로도, 그 사람의 이야기를 온전히 들어만 주는 것으로도 그 사람의 마음에는 다시 풀잎이 자랄 수 있으니까.

함께 살아간다는 것

✢

✢

✢

우울을 극복하기 위한 또 다른 방법 중 한 가지는 강아지를 입양한 것이었다. 어릴 적 강아지를 두 번 정도 분양받은 적이 있지만 다 재분양하게 됐기에 내게 강아지를 키우는 일이 적절하지 않다는 것은 잘 알고 있었다.

하지만, 지독하게도 외로웠다. 세상에 혼자 남겨졌다는 감정을 더 이상 견딜 수 없었다. 아무런 인기척이 없는 집에 들어갔을 때의 적적함이 내 몸을 파고들었다. 무언가 나를 기다리고 있으면 했다. 사람이 아닐지언정 나만을 바라봐 줄 그런 존재가 필요했다. 그런 사람이 없었기에 그런 생명 체라도 필요했다.

망설이다 강아지를 분양받으러 갔다. 그중 나와 오랫동안 눈이 마주친 포메라니안을 데리고 집에 왔다. 한없이 밝고 귀엽고 애교가 많은 강아지이지만, 한없이 눈이 슬퍼 보이 는 강아지였다.

가기 전, 어떤 강아지를 골라야 하는지 물어봤을 때 대답 해 줬던 동생의 대답이 생각났다.

"강아지는 형이 고르는 게 아니라, 강아지가 주인을 선택하 는 거예요. 형을 바라보고, 오랫동안 쳐다본 강아지가 있을 거예요."

동생의 말대로, 나를 선택한 강아지를, 어쩌면 나의 눈과

닮은 강아지를 데리고 왔다. 한없이 밝지만 그 수면 아래에
는 슬픔이라는 깊은 바다가 있는 눈. 그렇게 우리의 동거는
시작됐다.

강아지를 제대로 키우는 것은 그리 쉬운 과정이 아니었다.
달마다 맞아야 하는 예방 접종은 어찌나 그렇게 많은지. 사
료에 간식, 더군다나 매일 한 번씩은 해야 하는 산책까지.
내 몸 하나 추스리지도 못하는 내게는 벅찬 과정이었지만,
그래도 집안에 생명체가 있다는 것은 마음 한쪽에 따뜻함
을 줬다. '나는 세상에 혼자가 아니구나, 내가 챙겨 줘야 할
생명체가 이 세상에 있구나' 싶었다. 내 마음이 힘들어 수면
밑 깊은 곳까지 내려갈 것 같은 날에는 그 생명체가 나를
해수면까지 끌어올려 줬다.

그렇게 우연히 5월에 분양받았다는 이유로 이름 지어진 '오
월이'와 함께 지금은 행복하게 잘 살고 있다. 함께 살아가
기 때문에 귀찮은 일도 많지만, 원래 함께 살아간다는 것은

그런 것 아니겠는가. 그렇게 부대끼며 산 지 벌써 수년이 다 되어 간다. 덕분에 나도 이제껏 더 살았는지도 모른다.

잊을 수 없기에 무뎌지는 것

오래전에 본 영화 〈시애틀의 잠 못 이루는 밤〉의 아내를 먼저 떠나보낸 주인공 샘은 라디오 인터뷰에서 이런 얘기를 한다.

"매일 억지로 일어나 숨을 쉬며 살아가야 하겠죠. 그러다 언젠가는 아침에 혼자 눈뜨는 게 익숙해지겠죠. 숨 쉬며 사는 것도 익숙해지고 추억도 잊어버리겠죠."

엄마의 죽음으로 인해 나 자신이 상처받지 않는 것도 중요하지만, 언젠가 너무 아무렇지 않게 하루를 보내게 될까 봐, 너무 익숙하게 하루를 보내게 될까 봐 무서웠다. 엄마라면 당연히 행복한 자식의 앞날을 바라겠지만, 너무 행복해서 엄마를 까먹는 날이 오면 어떡하지라는 생각에 늘 엄마를 기억할 수밖에 없는 무언가를 만들고 싶었다.

무엇으로 기념할 것을 만들까 고민하다, 엄마를 기억하기 위한 반지를 만들면 좋겠다는 생각이 들었다. 단순한 반지보다는 안에 엄마에 대한 내 마음을 담은 글자까지 새기면 더 의미가 있을 거 같아 백화점의 여러 매장을 돌았다.

결국 한 가게에서 반지를 고르고 밖에는 'My mom'이라는 글자를, 안에는 '사랑해'라는 글자를 넣었다. 엄마를 기억하기 위한 반지를 보며 매일 조금씩 아파해야겠지만, 그렇게 해서라도 엄마를 내 곁에 두고 싶었다. 그렇게 함께 살아가고 싶었다. 언제까지고 내 모든 힘을 다해서 기억하고 싶었다. 오로지 내 전부를 사랑했던 엄마를.

그때 나와 같은 아픔을 겪은 사람이 자신의 이야기를 해
줬다.

"저는 어머니가 떠나시기 전 '사랑합니다, 사랑합니다, 사랑
합니다'를 외쳤는데 '사랑한단다'는 말을 듣지 못한 게 안타
까웠어요. 시간이 약이다, 시간이 지나면 잊힌다지만, 잊히
기보단 무뎌지는 것 같아요. 그때 어머니와 마지막으로 동
행한 일주일의 순간이 마치 파편처럼 마음에 박혀, 어느 날
문득 떠올라 그리워하고, 아쉬워하고, 울고 다시 일어서는
것의 반복인 듯합니다."

잊을 수 없기에 시간의 파도에 무뎌지는 것일 테다. 파도를
맞다 보면 점차 내 감정은 무뎌질 테지만, 해안선처럼 기억
은 남아 있을 것이다.

파도를 맞다 보면

감정은 무뎌질 테지만,

해안선처럼

기억은 남아 있을 것이다.

그 어딘가에, 영원히.

시간은 부모와 자녀에게 역의 관계다

⁜

⁜

⁜

경기도 일산의 어느 한 술집에서 즐거운 연말 파티를 하다가, 술이 조금씩 오르기 시작하자 한 친구가 연말 분위기에 가족이 생각났는지 슬쩍 엄마 이야기를 꺼냈다.

"도윤아, 요즘 학부모들 사이에서 선호하는 아파트가 뭔 줄 알아? 바로 '초품아'야. 초품아가 뭐냐 하면 '초등학교를 품은 아파트 단지'의 줄임말로 자녀들의 안전 통학이 가능한 아파트를 말해.

너도 당연히 알고 있겠지만, 이건 모를 수도 있어. 이게 단순히 초등학교와 가까운 아파트가 아니고, 아파트와 학교가 바로 붙어 있어서 걸어가는 동선에 차로가 없는 아파트만을 초품아라 할 수 있는 거야. 아무리 아파트 단지가 초등학교와 가깝게 있어도 단 한 번이라도 차로를 건너야 한다면 도로 위 차량과의 사고 위험성이 존재하기 때문에 초품아라고 할 수 없는 거지."

"왜, 요즘 애가 초등학교에 입학하니 초품아 근처로 이사 가고 싶은 거야? 드디어 서울에 내 집 마련을 하는 거니? 이야, 축하한다."

"그러면 너무 좋겠지만, 아직은 돈이 부족해서 힘들고, 문득 부모가 자식을 생각하는 마음은 지금이나 과거나 똑같은 것 같다는 생각이 들더라고. 어릴 적에 초등학교나 중고등학교에 통학할 때 엄마는 늘 횡단보도를 건널 때 차 조심하라고 했었거든, 우리 어릴 때 차 조심하라는 말은 정말 지겹

도록 들었잖아. 그때만 해도 안전에 대한 경각심도 지금처럼 높지 않았고, 실제로 차 사고가 나는 친구들도 많았으니까.

근데 웃긴 게 요즘 들어 내가 엄마한테 자꾸 그 이야기를 한다? 내가 나이가 들어 그런지 몰라도, 어느 순간 엄마가 횡단보도를 건너는 게 자꾸 걱정되고, 슬프기 시작하더라고. 엄마가 '주말에 성당에 갔다 올게' 하면, 성당까지 가는 길에 횡단보도가 두 개나 있는데 잘 건너셨는지 연락해서 '엄마 어디야' 하고 물어보는 나 자신이 슬프더라고.

그때마다 느껴. 내가 아니라, 우리 엄마가 정말 많이 늙었구나, 늘 어른일 줄 알았던 엄마가 오히려 이제 아이가 되는 거 같아서 자꾸 걱정되고 마음이 아파."

그 말에 함께 있는 친구 세 명 모두 눈물을 글썽였다. 태어난 가정과 살아온 삶은 다르지만, 부모가 늙어가고 있는 건 누구나 피할 수 없이 똑같이 겪고 있기 때문일 것이다.

우리가 태어나서 처음 울음을 터뜨렸을 때, 처음으로 혼자서 두 다리로 걸을 수 있게 됐을 때, 처음으로 엄마 아빠의 이름을 불렀을 때, 첫 유치원, 초등학교에 입학했을 때 부모는 걱정도 있겠지만, 자식의 성장에 기뻐하는 감정과 설렘이 더 많다.

하지만 그 부모가 나이가 들어 울음을 터뜨리고, 많은 기억을 잃어가며 요양원에 입원하며 아이처럼 되어갈 때 우리에게 기쁨은 없고, 아픔만 가득하게 된다.

그러고 보면 시간은 참 불공평하다. 시간은 부모에게는 자식의 성장을 함께하는 기쁨을 주지만, 자녀에게는 부모의 늙어감을 온몸으로 느끼는 슬픔을 가져다주니까.

오늘 하루만큼은 시간이 천천히 갔으면 한다.

시간은 참 불공평하다.

부모에게는 자식의 성장을
함께하는 기쁨을 주지만,

자녀에게는 부모의 늙어감을
온몸으로 느끼는 슬픔을 가져다주니까.

친구가 건네준 따뜻한 색깔

우울증에 걸려 하루하루 살아가기가 힘든 어느 날, 밤늦게 고등학교 동창이자 서울에서 자주 만나는 가까운 친구에게 잔뜩 취한 목소리로 전화가 왔다. 물론 이 친구는 우리 집의 가족사를 다 알고 있었고, 내가 앓는 우울증도 알고 있었다.

"도윤아, 네가 불쌍해서 어떡하노⋯. 가족으로 인해 힘들었던 네가 잘 살아보겠다고 진짜 열심히 인생을 살았는데, 가족으로 인해 네 마음까지 무너지는 걸 보니 너무 불쌍해서 마음이 아프다."

살면서 '불쌍하다'는 말을 직접 들어본 적은 없었다. 사실 굉장히 무례할 수 있는 말이기에, 보통은 당사자에게 직접 하는 말은 아니기 때문이다. 나아가 가장 가까운 친구에게 그런 말을 들을 줄은 더더욱 몰랐다. 그런데 '불쌍하다'는 말을 하는 친구의 목소리에 정말 나를 걱정하고, 아파하는 마음이 잔뜩 담겨 있어 기분이 전혀 나쁘지 않았다.

친구가 대뜸 어디냐고 물었다. 그때는 저녁 11시였고, 나는 집에 가는 지하철에 몸을 실은 상태였다. 집에 가는 중이라고 하니, 이미 만취한 친구가 말했다.

"술 한잔할래? 아내가 산후조리원에 있는데 잠깐 갔다가 바로 넘어갈게. 이태원에서 보자."

집에 가는 것도 너무 외로웠고, 혼자 있는 게 힘들었던 시기였기에 '그래, 한 시간 뒤에 이태원에서 보자'고 말하고 전화를 끊었다. 바로 지하철 노선을 바꿔 이태원역에 내려 약속한 술집에 먼저 도착해 맥주 한잔을 하고 있었다. 조금 시간이 지나자, 생각지도 못한 광경에 잠깐 할 말을 잃었다.

산후조리원에 있는 친구의 아내가 친구와 함께 온 것이다. 심지어 내 친구는 자리에 앉자마자, 너무 힘들어하는 모습을 보이다가 잠이 들어 버렸다. 제수씨에게 자초지종을 들어보니, 산후조리원에 온 남편이 너무 취한 상태였는데, 꼭 지금 나를 보러 이태원으로 가야 한다고 해서 남편 혼자 보내기에는 걱정이 되어 함께 왔다고 했다.

그렇게 생각지도 못한 제수씨를 만나 이야기를 하던 도중 고개를 든 친구는 갑작스레 화장실을 가더니 오바이트를 하기 시작했다. 어쩔 수 없이 내가 가서 등을 두드려주고, 바닥을 치우다 '아, 진짜 이놈 뭐 하는 거지, 날 위로하러 와서 오바이트를 한다고? 심지어 그걸 내가 치우게 하네'라는 생각이 들어 피식 웃음이 났다.

친구는 그 후로도 내 마음에 위로가 되는 말을 할 상태가 아니었고, 나와 정상적인 이야기는 거의 하지 못했다. 그러나 그날은, 내가 우울증으로 아팠던 시간 동안 가장 따뜻한 날 중 하루였다. 어느 누가 산후조리원에 있는 아내까지 끌고 아픈 친구를 보러 온단 말인가….

그때 생각했다.

'힘들 때 위로가 되는 사람은 무언가 엄청난 것을 해결해 주는 것이 아니라, 내 아픈 마음에 공감하고, 그 순간을 함께해 주는 사람이구나.'

무채색으로 가득한 내 세상에 그날 처음으로 따뜻한 빨간색과 노란색이 입혀 졌다. 아마 나를 살려 준 순간 중 하루가 이날이지 않을까.

서울의 한강 다리 스무 곳에는 초록색 전화기가 설치되어 있다. 'SOS 생명의전화'다. 극단적인 생각을 하며 한강 다리를 찾는 사람들이 옆에 보이는 전화기의 수화기를 들면, 그 힘든 이야기를 들어 줄 상담원이 24시간 기다리고 있다.

지난 11년 동안 한강 다리에서 SOS 생명의전화로 걸려 온 전화는 9,050건이었는데, 그중 투신 직전의 사람들 1,973명이 다시 삶을 선택했다고 한다. 그 전화가 사람들의 상황을 해결해 준 것일까? 큰돈이라도 준 것일까?

아니다. 한강에 뛰어들기 전 사람들을 살린 것은 너무나도 차가운 세상에서 버틸 수 있게 해 준 따뜻한 목소리였을 것이다.

그 후로 난 내게 가까운 사람이 힘든 날이면 낮이든 밤이

든 내가 필요하면 언제든지 말하라고 한다.

"내게 개인적인 약속이 있다면 그 약속을 깨거나, 끝난 다음에라도 네가 힘든 순간에 함께 해 줄게. 밥이든, 술이든, 뭐든 상관없으니까 힘든 순간에 너 혼자만 있지 마."

내가 힘든 순간 함께해 준 친구의 마음을 돌려줄 수는 없겠지만, 내 주변 사람들의 힘든 하루에는 언제든 따뜻한 마음을 보내고 싶다. 그게 그 친구들을 다시 일어설 수 있게 해 주는 작은 힘이 될 테니까 말이다.

힘들 때 위로가 되는 사람은

무언가 엄청난 것을

해결해 주는 사람이 아닌,

내 아픈 마음에 공감하고

그 순간을 함께해 주는 사람이다.

그 정도면 됐다

엄마가 떠난 지 벌써 7년째가 되어 간다. 그사이 우리 가족
에게는 많은 일이 있었다.

아버지는 술에 취해 무단 횡단하는 사람과 교통사고가 있
었다. 환자 상태가 위급했지만 다행히도 3일 만에 환자가
일어났다.

정신적으로 힘들어서 엄마 마음을 그토록 아프게 하던 형

은, 그 이후로 놀랍게도 정신이 일반인에 가까울 정도로 멀쩡해졌다. 등산과 운동을 하면서 예전보다 훨씬 몸이 좋아졌고, 일도 꾸준히 하고 있다.

그런 형을 보고 있으면 약간 허탈한 마음이 들기도 한다. 화가 난 적도 있다. 이렇게 정상적으로 살 거였으면 엄마가 살아 있을 때부터 제대로 살지, 왜 모든 것이 다 끝난 마당에 그렇게 사는지 궁금했다.

하지만 내가 모르는 힘든 시간이 형에게도 분명히 있었을 것이다. 형도 아파서 그랬을 것이다. 스스로 어쩌지 못하는 병 때문에 많이 힘들었을 것이다. 우울증에 걸려 보니, 나도 그 마음을 조금은 알 것 같다.

무엇보다, 엄마는 떠나기 전에 나뿐만 아니라 형 걱정도 했다. 생각해 보면 엄마는 단 한 번도 형 때문에 우울증에 걸렸다든지, 형 때문에 살고 싶지 않다든지 하는 말을 하지 않았다. 가장 힘들었던 엄마마저 형을 원망하지 않는데 내가 무슨 자격으로 형을 미워한단 말인가. 형을 더 이상 좋아하진 못할지라도, 형을 미워하진 않아야겠다는 생각을 했다. 그런 게 가족일 테니까. 그런 게 엄마가 바라는 모습일 테니까.

그렇게, 큰 폭풍우가 지나간 것에 비해 우리 가족은 잘 살아가고 있다. 엄마가 있을 때처럼 행복하게 살고 있는 건 아니지만, 여느 집처럼 평범하게 잘 살아가고 있다. 이틀에 한 번꼴로 아버지와 통화하고, 연휴면 내려가서 형과 사우나도 가고 아무 일도 없었던 것처럼 살아간다. 남자들끼리만 사는 집이라서 다정한 말이 오가진 않지만, 집안에 엄마의 따뜻한 온기나 요리는 없지만, 집이 조금 지저분하긴 하지만 그래도 남자 세 명이 함께 잘 살아간다.

누구보다 행복한 삶을 누리는 건 아니지만, 그래도 이 정도면 하늘에 있는 엄마도 만족하며 편안히 우리를 쳐다보고 있을 거 같다.

'그래, 그 정도면 됐다.'

어느 집이나 들여다 보면 힘든 일은 있기 마련이다. 이 정도
면 만족하고 살아가려고 한다.

서로를 길들인다는 것의 의미

✦

✦

✦

요즘 사람들이 모이면 꼭 하는 이야기 중 하나가 'MBTI'이다. MBTI란 개인이 무언가를 인식하고 판단할 때 어떤 것을 선호하는지 살펴보고, 그에 따라 인간을 16가지 성격 유형으로 분류하는 심리 검사다. 스스로 응답할 수 있는 자기보고서 문항으로 이루어져 누구든 쉽게 검사해 볼 수 있어서 그런지, 어느 순간 혈액형보다 MBTI를 묻고 답하는 게 더 자연스러워졌다.

나 또한 MBTI 검사를 몇 번 해 봤는데, 항상 ESTJ나 ESFJ 가 번갈아 나온다. 나머지 세 항목은 늘 같은데 딱 한 항목만 매번 다르게 나온다. 바로 T와 F이다. 아마도 일할 때는 이성적이고 객관적인 판단을 중요시하기에 사고(Thinking)의 T가 나오는 거 같고, 사람을 만날 때는 인간관계를 중요시하기에 감정(Feeling)의 F가 나오는 거 같다.

내가 키우고 있는 포메라니안 강아지 오월이는 사실 T의 영역이었다. 남들처럼 강아지를 엄청 좋아하는 정도는 아니던 내가, 우울증을 앓으며 살아남기 위해 분양받은 강아지여서 그랬던 거 같다. 그런 내게는 강아지를 자기 자식처럼 여기며 업어 키우는 사람들이 전혀 이해가 되지 않았다.

특히 분양받은 가격에 비해 지나치게 많이 나가는 예방 접종비와 관리 비용, 더군다나 수술까지 하게 되면 수백만 원이 깨지는 상황에서 나는 늘 속으로 생각했다. 오월이를 분양받은 비용보다 수술비가 훨씬 많이 나오게 되면 절대 치료하지 않고 새로운 강아지를 키워야겠다고. 치료해 봤자 또 재발할 수도 있는데 너무 많은 돈을 쓰는 건 아니라고 판단했다. 그게 이성적이고 논리적인 판단이라 생각했다.

그런데 아뿔싸, 시간이 지남에 따라 오월이가 좋아하는 간식이 무엇인지 파악해서 부족하지 않게 늘 채워 놓고, 추운 곳에서 잠들지 않게 하려고 집안 곳곳에 방석을 놔두고, 한 달에 한 번씩 사람인 나도 못 받는 스파 샤워를 받게 하는 날 보며 지금은 그저 웃는다. 수술비가 몇백만 원 나오면 이제 어떡할 거냐고? 당연히 내가 몇 날 며칠을 더 일하더라도 반드시 오월이를 건강하게 만들어 줄 것이다.

왜 이렇게 내 생각이 바뀐 것일까? 그사이 내가 더 좋은 사람이 된 것일까? 아니다. 그건 아마도 그동안 오월이와 함께 한 시간과 그 시간만큼 쌓인 추억, 서로 주고받은 애정 때문일 것이다. 꼭 내 몸으로 낳아야만 가족인 게 아니라, 시간과 애정으로 함께한 사람과 동물도 가족이 되는 것 같다.

내가 여전히 다른 동물에게는 T이지만, 오월이에게만은 F
가 되는 이유는 여기에 있다.

생텍쥐페리의 책 『어린 왕자』에도 같은 의미의 문장이 나
온다.

여우가 말했다.

"넌 나에게 아직은 수없이 많은 다른 어린아이와 조금도 다
를 바 없는 한 아이에 지나지 않아. 그래서 나는 널 별로 필
요로 하지 않아. 너 역시 날 필요로 하지 않고. 나도 너에게
는 수없이 많은 다른 여우와 조금도 다를 바 없는 한 마리
여우에 지나지 않지.

하지만 네가 나를 길들인다면 우리는 서로를 필요로 하게 되
는 거야. 너는 내게 이 세상에서 하나밖에 없는 존재가 되는
거야. 난 네게 이 세상에서 하나밖에 없는 존재가 될 거고."

어린 왕자에게 여우가 소중해진 것은 어린 왕자가 여우를 위해 들인 시간 때문이듯, 나 또한 오월이를 위해 들인 시간 때문에 다른 강아지와 달리 오월이를 가족으로 여기고 있는 거 같다.

오늘도 오월이는 사람이 쓰는 화장실 하나를 독차지하고 있지만, 내가 일하고 있는 거실 근처에 꼭 소변을 누고 간다. 마치 자신에게 관심과 시간을 더 가져 달라는 듯이, 마치 그것이 자신이 누려야 할 마땅한 권리라는 것처럼.

매일 아침 그 소변을 치울 때마다 어딘가로 숨어버린 그 녀석이 미울 때도 있고, 나보다 집에 오는 손님들을 더 좋아해서 내가 주인이 맞는지 가끔 의심이 가는 날도 있다. 그때마다 나는 언젠간 인간의 언어를 이해했으면 하는 마음으로 오월이에게 말하곤 한다. "너에게 숙식을 제공하고, 늘 시간을 함께 보내는 사람은 나라는 것을 잊지 말렴" 하고.

그래도 그 녀석은 이제 내게 수없이 많은 존재 중 하나가 아닌, 이 세상에서 하나밖에 없는 존재가 됐다. 서로를 길들였기에, 우리는 그렇게 하나의 가족이 됐다.

네가 나를 길들인다면

우리는 서로를 필요로 하게 되는 거야.

나는 네게, 너는 내게,

이 세상 하나밖에 없는 존재가 되는 거야.

가장 보여주고 싶었던 사람

어린 시절, 공부도 못하고, 싸움도 못하고, 심지어 말도 잘하는 편이 아니어서 친구들에게 인기가 많지는 않았다. 아니, 오히려 존재감 없고 친구들의 관심에서 멀어진 소심한 학생이 나였을 것이다. 내가 그런 학창 시절을 보내는 건 상관없었지만, 엄마에게 그런 내 모습을 보여주고 싶지는 않았다.

하지만, 학생으로서 피할 수 없는 날이자 부모님에게는 너무나도 기쁜 날이 있다. 바로 졸업식이다. 졸업식은 자녀의 성장을 축하하는 날이자, 부모 스스로에게는 그동안의 노고를 기념하는 자리이기도 하다.

고백하건대, 졸업식 날 엄마가 오는 게 창피했다. 엄마가 창피한 게 아니라 친구들에게 인기 없는 내 모습을 보여주는 게 너무 싫었다. 초등학교, 중학교, 고등학교 시절의 사진을 찾아보면 몇몇 친구들 외에는 함께 사진을 찍은 사람들이 많지 않았던 걸 보면 그때의 감정이나, 지금의 내 기억이 같은 사실을 말해 주고 있는 것 같다.

삼십 대가 되어서는 잘 다니던 직장을 2년 만에 때려치우고, 내가 원하는 직업을, 하지만 남들에게는 배고픈 직업으로 알려진 작가 일을 시작했다. 첫 책이 베스트셀러가 됐지만, 작가로 먹고산다는 게 얼마나 힘든 일인지 베스트셀러 작가가 된 다음에 깨달았다.

위낙 책을 보지 않는 세상이기에 몇만 부만 팔려도 베스트 셀러가 되지만, 고작 몇만 부 정도의 책으로는 작가로서 절대 먹고살 수 없었다. 덩달아 그다음 책의 소재까지 떨어져 5년 동안 책을 내지 못했다. 두 번째 책을 내지 못하며 전전긍긍하던 그 시간 동안, 자식의 미래를 걱정하던 엄마는 2016년에 돌아가셨다.

그 후, 나는 아홉 권의 책을 더 냈고, 유튜브 구독자 200만 명을 달성하며 경제적 자유를 이뤄 한강이 보이는 커다란 집에서 살고 있다. 하지만, 내 인생에서 가장 전성기인 지금 내 모습을 엄마는 단 1초도 보지 못했다. 그래서 마음이 어딘가 시릴 때가 많다. 책의 독자들이나 유튜브 시청자들에게 많은 사랑을 받았고 학교 선생님이나 고향 친구들에게는 자랑이 됐지만, 거나하게 술에 취해 집에 들어온 날 한강을 바라보면 씁쓸한 마음이 스멀스멀 올라온다.

'왜 엄마는 내가 가장 자랑스러운 순간, 어디에 가서든 자랑

해도 떳떳할 지금 이 순간에 내 옆에 없는 걸까?'

한숨을 쉬지만, 어쩌면 지금의 내 삶 또한 엄마가 내게 준 기회일지도 모른다. 5년 동안 책을 내지 못한 내가, 엄마가 돌아가신 다음 해부터 매년 계속 한 권 이상 책을 내며 7년 동안 여러 권의 책을 쓰고, 유튜버로서 성공의 징표라고 할 수 있는 골드 버튼을 받은 건 결코 우연이 아닐 것이다.

엄마에게 보여주고 싶었던, 엄마의 부재라는 결핍이 만든 원동력 아닐까. 가장 보여주고 싶었던 엄마는 없지만, 그래도 엄마의 자식이 하늘 아래에서 잘 살고 있다는 것 자체로 엄마는 하늘나라에서 온 동네에 자랑하고 다닐 것이다.

오늘따라 창가에 비친 달빛은 많이 외롭다. 오늘 같은 날은 엄마가 좋아하는 청하를 따라 나 혼자 술 한잔해야겠다.

부모가 자녀에게 물려줘야 할 진짜 유산

안타깝지만 이 책에 담긴 내용은 모두 소설이 아닌 현실이었고, 한 사람이 겪기에 너무 큰 고통이었다. 그래서 나는 그 어찌할 수 없는 운명 때문에 우울증에 걸렸었다. 다행이 시간이 많이 지난 지금은 건강한 일상으로 완전히 돌아왔다. 행복해져야 한다는 강박과 자기 합리화에 빠진 게 아니다. 지금 나는 정말 그 누구보다 행복한 상태이다. 내가 겪었던 사건을 이야기하거나 우울증을 앓았노라고 고백하기 전에는 나의 과거 상처를 눈치 채는 사람이 아무도 없을 정도로 건강한 삶을 살고 있다. 행복하고 기분 좋은 어느 날은 내게 닥쳤던 불행한 일들이 정말 있었던 일인가 싶어 놀라워지는 순간도 있다.

그렇다면 나는 어떻게 다시 괜찮아지고 행복해질 수 있었을까? 역경의 순간에 다시 일어나게 만든 힘은 무엇이었을까? 우울증을 낫기 위해 내가 한 수많은 노력 때문이었다고 생각한 적도 있고, 시간이 약이라고 꽤 많은 세월이 지났기 때문에 괜찮아졌다고 생각한 적도 있다. 하지만 이제는 정확한 정답을 알고 있다. 살아생전에 어머니에게 충분한 사랑을 받았기 때문이었다. 내 삶이 무너지려고 할 때마다, 살면서 엄마에게 받은 큰 사랑이 절벽에 떨어지기 전 내 손을 붙잡아주었다.

이 책이 나오기 전 먼저 읽은 친한 아나운서 누나는 이렇게 후기를 남겼다.

"이 책을 읽고 돌아가신 어머니의 사랑이 늘 도윤이를 지켜준다는 걸 깨달았고, 나 역시 부족한 엄마이지만 아이들이 발을 디딜 수 있는 땅 같은 존재가 되고자 해. 그 후 공부해라, 뭐 해라, 잔소리보다는 늘 안아주고 뽀뽀해주고 사랑해주는 엄마가 되려고 노력하게 되었어. 살면서 뜻대로 안 풀리고 좌절하는 날이 와도 사랑받은 기억이 있는 사람들은 다시 일어날 힘이 있다고 믿기 때문이야. 돈, 명예, 시간보다 중요한 사랑이야말로 사람을 살게 하는 힘이니까."

내가 다시 일어설 수 있었던 이유를 친한 누나가 알았다는 것에 놀랐지만, 역시 누나도 아나운서라는 직업 이전에 두 아이의 엄마였기 때문에 정답을 알 수 있었을 것이다. 부모가 자녀에게 물려줘야 하는 것 중에는 돈과 인생을 살아가는 방법도 있지만 더 중요한 것이 바로 사랑이다. 부모에게 온전한 사랑을 받은 사람이 자신과 타인을 사랑할 수 있고, 인생에서 역경이 닥칠 때마다 살아갈 힘을 얻을 수 있다. 나 또한 충분한 사랑이 있었기에, 내 삶에 닥친 수많은 역경을 딛고 다시 일어설 수 있었다. 불행 끝에서 살아 돌아왔기에, 삶에서 부딪치는 어떠한 일도 무섭거나 두렵지 않다. 앞으로도 인생에서 힘든 일은 닥치겠지만, 또다시 일어서고 힘차게 세상을 살아갈 수 있는 흉터라는 훈장을 얻었다. 지금은 상처가 다 치유되어 더 이상 아프지 않지만, 내 몸에 흉터는 여전히 남아 있고, 평생을 함께 살아갈지도 모른다. 하지만 지금의 나는 더 이상 그 흉터가 싫지 않다.

당신에게

당신에게 지금
사랑하는 사람과 보낼 수 있는
시간이 딱 5분 남아 있다.
당신과 그는 곧 세상에서 사라진다.

다음 생애가 있다 할지라도
서로는 서로를 기억하지 못한다.
정말 마지막 순간이다….

그와의 마지막 시간인 5분,
당신은 무엇을 말하고 싶은가?

인생에서 가장 가치 있는 다섯 가지

이 책을 끝까지 읽은 독자분 중 많은 분들이 눈물을 닦으셨을지도 모릅니다. 솔직히 저는 제 목적이 달성된 것 같아 기쁜 마음이 듭니다. 이 책을 쓰는 내내 제 마음을 주체하기 힘들어 참 많이 울었습니다. 사랑하는 어머니와 함께했던 사진을 찾아보고, 어머니의 편지를 다시 펼칠 때마다 과거의 추억이 떠올라 많은 눈물을 흘려야 했습니다. 그래서 많은 독자분들을 울리고 싶었습니다. 저 혼자만 울기에는 좀 억울했거든요. 무엇보다 남에게 관심이 없어진 요즘 시대에 타인의 삶을 보며 눈물을 흘릴 정도라면 공감이 되었다는 뜻이고, 나의 인생에서 가장 소중한 것이 무엇인가 한 번쯤 떠올려볼 수 있을 것이라 생각했습니다.

많은 독자분들은 천 명 이상의 성공한 사람들을 인터뷰한 제가 인생에 대한 질문을 하고 얻은 비법을 풀어놓는 형식의 책을 생각하셨을지도 모릅니다. 세상의 진리를 정리해 놓은 엑기스 같은 책을 기대하셨을 겁니다. 하지만 책에서 엄마와 가족에 대한 사랑과 그리움이 가득한 이야기를 보고 조금은 당황하셨을지도 모릅니다. 제가 어머니를 주제로 글을 적은 이유가 있습니다. 세상에서 가장 소중한 것에 대한 이야기를 대담 방식이나 다른 사람들의 이야기를 통해 전달하는 것보다 더 좋은 방법이 없을까를 고민했고, 어떻게 하면 독자분들이 글을 읽는 것을 넘어 삶에 대한 가치관 자체를 바꿀 수 있을까를 생각해보았습니다. 왜냐하면 한국은 행복의 기준이 조금 잘못되었기 때문입니다.
한 국제 연구기관에서 17개 선진국 19,000명에게 "당신이

삶에서 가장 가치 있다고 생각하는 것은 무엇인가요?"라는
질문을 했습니다. 주요 선진국에서 1위로 꼽은 것은 바로
가족이었습니다. 그리고 직업, 건강, 친구, 돈 순으로 중요한
것들이 나왔습니다. 한국인들이 뽑은 가장 중요한 가치는
무엇이었을까요? 한국만 유일하게 '돈'이 가장 중요하다고
답했습니다. 17개국 중 1위로 돈을 뽑은 나라는 한국뿐이
었습니다. 그런 생각을 바꾸기 위해 모든 독자들에게 해당
되는 이야기가 되기를 바랐습니다. 딱 한 가지가 떠올랐습
니다. 바로 엄마였습니다. 저를 포함한 누구에게나 반드시
어머니라는 존재는 있으니까요.

그럼에도 불구하고 천 명 이상의 성공한 사람들을 인터뷰
한 제게 인생에서 가장 가치 있는 것을 물어보신다면 딱 다
섯 가지를 말씀드리고자 합니다.
첫째, 내가 좋아하거나 잘하는 일을 하는 것(직업과 일).
둘째, 내가 사랑하는 사람과 함께 즐겁게 살아가는 것(가족,
친구, 애완동물).

셋째, 돈과 상관없이 시간을 뺏겨도 좋을 만큼 좋아하는 취미를 가지는 것.

넷째, 몸과 마음이 건강한 것.

다섯째, 이 모든 것을 함에 있어서 고민하지 않아도 되는 충분한 돈을 가지는 것입니다.

이와 같은 삶의 중요한 가치들도 시기에 따라 중요도가 달라집니다. 사랑하는 사람과 즐겁게 사는 것이 중요하다고 해서 10대에 학생의 본분인 공부를 하지 않고 20대에 자기 계발에 시간을 쏟지 않는다면, 자신이 원하지 않는 일터에서 평생 가장 많은 시간을 보내게 될지도 모릅니다. 한편 30대와 40대에 돈이 중요하다는 이유로 일과 성장에만 시간을 쏟으면 가족과 건강을 모두 잃어버릴지도 모릅니다.

더 중요한 것은 가치들 사이의 균형을 잡는 일입니다. 균형을 찾기 위해서는 결국 만족하는 방법을 알아야 합니다. 유튜브 구독자가 96만 명일 당시, 저는 다음 목표가 무엇인지에 대한 질문에 구독자 100만 명이 목표이고 그다음에는 특별히 없다고 답했습니다. 실제로 100만 명이 넘으면 그냥 하루하루 열심히 살고 싶었습니다. 그랬더니 100만 명이 넘으면 그다음에 200만 명을 넘거나 지금보다 더 많은 돈을 벌고 싶은 그런 목표가 있지 않느냐는 물음이 돌아왔습니다. 무언가 잘못되었다는 생각이 들었습니다. 직업이 유튜 버라면 100만 명이란 수치는 누가 봐도 성공했다고 볼 수 있는 경력임에도, 다음 목표를 묻는 질문이 너무도 자연스 러웠습니다. 그래서 다시 대답했습니다. "저는 정말 구독자 100만 명이 목표고, 달성하면 충분히 만족할 것 같아요. 왜 냐하면 구독자가 100만 명인데도 만족하지 못하는 삶 또한 조금은 안타까운 것 같아서요."

38세에 시작한 유튜브에서 어느 정도 경제적 자유를 얻었 고, 소득과 순자산 기준으로 상위 1%가 되었습니다. 사람 들이 생각하는 것처럼 엄청난 부자는 아니지만, 더 부자 가 될 수 있는 길에서 스스로 내려오기로 결심했습니다. 유 튜브 채널을 운영하지 않거나, 열심히 살지 않는다는 의미가 아닙니다. 건강을 깎아가면서, 인간관계와 가족도 챙기지 못하면서 일에 몰두하지 않으려는 것입니다. 유튜브를 시작한 후부터 인생의 90% 이상이 유튜브였습니다. 찾아온 기회들을 살리기 위해 매일 최선을 다하고 경제적 자유를 얻었지만, 체중이 늘고 허리에 통증이 오는 등 건강을 잃었습니다. 이제는 일상에서 건강과 인간관계의 비중을 늘리고 있습니다. 이 시간을 일하는 데 쏟는다면 훨씬 더 많은 돈을 번다는 것을 잘 알지만 그 선택을 하지 않고 있습니다.

돈이 중요하지 않다는 오해는 하지 않았으면 합니다. 한 가지 확실한 것은 부자가 그렇지 않은 사람보다 행복할 확률이 높다는 것입니다. 돈으로 행복을 살 수는 없지만, 꽤 많은 불행을 막아줄 수는 있습니다. 그런데 모순되게도 그렇게 많은 부자 중에 제가 부러워할 정도로 행복해하는 사람 또한 많지 않습니다. 그 이유가 바로 만족감의 부재입니다. 돈을 많이 벌기 위해 시간과 에너지를 투자하다 보니 자연스레 다른 영역에 시간을 쏟지 못해 가족과 멀어지거나, 건강을 잃거나, 자신보다 더 큰 부자를 만나 끝없이 비교하는 불행의 늪에 빠진 경우가 많았기 때문입니다. 가장 아이러니했던 건 부자가 된 그들이 더 많은 돈을 벌기 위해 여전히 자신의 시간 대부분을 쏟고 있다는 것이었습니다. 젊은 시절 체력이 받쳐줄 때는 인생을 갈아 넣을 정도의 투자가 어느 정도 필요하다고 봅니다. 하지만 인생의 방향에도 중력이 있는지, 한번 돈의 맛을 본 사람은 경제적 자유를 찾은 뒤에도 관성처럼 돈만 좇는 삶을 살며 여전히 돈을 벌기 위해 최선을 다하는 경우가 많습니다. 과연 그 사람은 정말 자유를 찾은 것일까요? 돈은 자본주의 시대에 꼭 필요한 자원이자 소중한 것들을 가장 잘 지킬 수 있는 수단이지만, 한국 사람들은 오로지 돈만 신경 쓰느라 나머지 요소들이 망가져도 모르는 경우가 많습니다. 그래서 한국 사람들이 불행해지는 것이 아닐까요? 돈만 보고 살아가기에는 우리의 삶 곳곳에 너무나도 소중한 것들이 많습니다.

사람에 따라 애국심이나 개인의 명예, 종교가 굉장히 중요할 수 있지만, 제가 천 명 이상의 성공한 사람을 만나 발견한 가장 중요한 다섯 가지 가치는 '일, 사랑, 취미, 건강, 돈'이 전부였습니다. 답변이 뻔하다고 생각한다면 이쯤에서 우리는 한번쯤 고민해봐야 합니다. 내가 안다고 해서 진짜 아는 그대로 인생을 살고 있는지를요. 다이어트 방법은 모두가 알고 있지만, 실제로 살 빼는 데 성공하는 사람은 많지 않습니다. 자신이 아는 걸 그대로 행한다는 건 정말 힘든 일입니다. 저는 직접 만난 천 개의 인생 덕분에 인생을 어떻게 살아야 하는지 정확히 알고 있습니다. 그래서 이제 아는 것을 그대로 행하는 삶을 살아보려고 합니다. 독자 여러분 또한 그러시기를 진심으로 바랍니다.

천 명 이상의 성공한 사람을 만나며 깨달은 인생에서 가장 중요한 것은 이 책의 머리말과 목차, 문장 곳곳에 숨겨두었습니다. 저는 독자분들의 삶에 대한 갈증과 방향에 힌트를 드릴 뿐입니다. 그것을 찾아 살아가는 것은 역시 독자분들의 몫이 되는 거겠지요. 그 의미 있는 과정에 행운을 빕니다.

당신은 아직
늦지 않았기를 바랍니다

아무리 위대한 사랑일지라도 시간의 주름을 피할 순 없다. 시간은 때때로 우리의 의지와 다르게 너무나도 많은 것을 무색하게 만들어 버리기 때문이다. 그렇기에 엄마와 나의 이야기를 통해, 사랑하는 사람과 함께 살아갈 날이 살아온 날보다 많을 대부분의 사람을 향해 마음을 전하고 싶었다. **'당신은 아직 늦지 않았기를 바랍니다'**라고.

나에게 하나뿐인 존재가 있듯, 당신 역시 하나뿐인 존재가 있을 것이다. 그와의 시간은 나보다 좀 더 많기를, 그와의 시간은 나의 그것보다 좀 더 행복하기를, 나보다 조금 일찍 당신의 마음을 상대에게 전달하기를, 그 마음이 나보다는 더 온전히 당신의 사람에게 전해지기를 희망한다.

무엇보다도 관계가 우리네 삶의 전부는 아닐지라도, 대부분임은 분명하다는 것을 잊지 않았으면 한다. 누군가가 나에게 당신은 그렇게 살았냐고 묻는다면, 나는 그리 살지 못했음을 고백한다.

다만 당신은, 아직 많은 것을 바꿀 수 있는 당신은, 당신의 삶은 그러지 않길 소망한다.

내가 천 개의 인생에서 배운 것들

ⓒ 김도윤, 2024

초판 1쇄 발행 2024년 4월 17일
초판 3쇄 발행 2024년 5월 9일

지은이 김도윤
기획편집 박서영
디자인 책장점
콘텐츠 그룹 정다움 이가람 박서영 이가영 전연교 정다솔 문혜진 기소미

펴낸이 전승환
펴낸곳 책읽어주는남자
신고번호 제2021-000003호
이메일 book_romance@naver.com

ISBN 979-11-985303-9-4 03810